向着美好奔跑

丁立梅 / 著

金城出版社
GOLD WALL PRESS
·北京·

图书在版编目(CIP)数据

向着美好奔跑 / 丁立梅著. —北京：金城出版社，
2015.1（2021.1重印）
ISBN 978-7-5155-1175-7

Ⅰ. ①向… Ⅱ. ①丁… Ⅲ. ①散文集－中国－当代
Ⅳ. ①I267

中国版本图书馆CIP数据核字（2014）第230216号

向着美好奔跑

作　　者	丁立梅
责任编辑	丁洪涛
开　　本	880 毫米 ×1230 毫米　1/32
印　　张	8.5
字　　数	120 千字
版　　次	2015 年 1 月第 1 版
印　　次	2021 年 1 月第 8 次印刷
印　　刷	天津旭丰源印刷有限公司
书　　号	ISBN 978-7-5155-1175-7
定　　价	35.00 元

出版发行	**金城出版社** 北京市朝阳区利泽东二路 3 号 邮编：100102
发 行 部	（010）84254364
编 辑 部	（010）64210080
总 编 室	（010）64228516
网　　址	http://www.jccb.com.cn
电子邮箱	jinchengchuban@163.com
法律顾问	北京市安理律师事务所　（电话）18911105819

序　言
向着美好奔跑

阳光的影子，拓印在窗帘上，似抽象画。鸟的叫声，没在那些影子里。有的叫得短促，唧唧、唧唧，像婴儿的梦呓。有的叫得张扬，喈喈、喈喈，如吹号手在吹号子。

我忍不住跑过去看。窗台上的鸟，“轰”的一声飞走，落到旁边人家的屋顶上，叽叽喳喳。独有一只鸟，并不理睬左右的声响，兀自站在一棵矮小的银杏树上，对着天空，旁若无人地拉长音调，唱它的歌。一会儿轻柔，一会儿高亢，自娱自乐得不行。

鸟也有鸟的快乐，如人。各各安好。

也便看到了隔壁小屋的那个男人，他正站在银杏树旁，——我不怎么看得见他。大多数时候，他小屋的门，都落着锁，阒然无声。

搬来小区的最初，我很好奇于这幢小屋，它的前面是别墅，它的后面是别墅，它的左面是别墅，它的右面还是别墅。这幢三间平房的小屋，淹没在别墅群里，活像小矮人进了巨人国。

也极破旧。墙上刷的白石灰已斑驳得很，一块一块，裸露出里面灰色的墙面。远望去，像一堆空洞的眼睛，又像一堆张开的喑哑的嘴。屋顶上，绿苔与野草纠缠。有一棵野草长得特别茂盛，茎叶青绿，在那里盘踞了好几年的样子。有时，黑夜里望过去，我老疑心那是一只大鸟，蹲在那儿。孤单着，独自犹疑着，不知飞往何处去。他的小屋，没有灯光。

隐约听小区人讲过，他的父母先后患重病去世，欠下巨额债务，家里能变卖的东西，都变卖了。妻子耐不住清贫，跟他离了婚，并带走他们唯一的女儿。他成天在外打工，积攒着每一分钱，想尽早还清债务，接回女儿。

他的小屋旁，有巴掌大一块地，他不在的日子，里面长满野藤野草。现在，他不知从哪儿弄来一把锄头和铁锹，一上午都在那块地里忙碌，直到把那块地平整得如一张女人洗净的脸，散发出清洁的光。

他后来在那上面布种子，用竹子搭架子。是长黄瓜还是丝瓜还是扁豆？这样的猜想，让我欢喜。无论哪一种，我知道，不久之后，都将有满架的花，在清风里笑微微。那我将很有福气了，日日有满架的花可赏，且免费的。多好。

男人做完这一切，拍拍双手，把沾在手上的

泥土拍落。太阳升高了，照得他额上的汗珠粒粒闪光。他搭的架子，一格一格，在他跟前，如听话的孩子，整齐地排列着，仿佛就听到种子破土的声音。男人退后几步，欣赏。再跨前两步，欣赏。那是他的杰作，他为之得意，脸上渐渐浮上笑来。那笑，漫开去，漫开去，融入阳光里。最后，分不清哪是他的笑，哪是阳光了。

生活或许是困苦的、艰涩的，但心，仍然可以向着美好跑去。如这个男人，在困厄中，整出了一地的希望——一粒种子，就是一蓬的花，一蓬的果，一蓬的幸福和美好。

我们要做的，唯有不辜负。不辜负这朵阳光，不辜负这场生命，心存热情和向往，好好地活。

目录

NO.1 遇见你，遇见花

NO.2 人间岁月，各自喜悦

NO.3
玉光阴

NO.4

跟着一朵阳光走

NO.5 我已在这里，坐落千年

NO.1
遇见你，遇见花

蓝色的蓝

她报出她的姓时，我们都讶异极了。“蓝，蓝色的蓝。”她笑着说，红唇鲜艳。继而介绍她的名，居然单单一个字，蓝。她的名字，蓝蓝。那会儿，我们正站在蓝蓝的湖边，蓝蓝的天空倒映在湖中，如一大块蓝玉。她的名字，应和了眼前景，如此诗意，真是让人妒忌得很。

我们一行人游西藏，她是半道上加进来的。之前，她一个人已游完拉萨，还在一家医院里，做了一天的义工。“也没做什么啦，就是帮人家拿拿接接的。”她满不在意地大笑起来，灿若一朵木棉花。五十多岁的人，看上去不过四十出头，靓丽明艳。小导游喊同团稍上年纪的女人“阿姨”，却叫她，蓝蓝姐。她乐得眉毛眼睛都在笑。

我们都羡慕她的明媚和精神气。几天的西藏行走，我们早已疲惫不堪，高原反应也还在折磨着，一个个看上去灰头土脸的，她却饱满得枝叶葱茏。“你真不简单。”我们由衷地夸。她听了，哈哈大笑，开心极了。

她爱笑，热情，说话幽默。一团的人，分别来自不同地方，

生命本是如此珍贵，当爱惜。我们不再说话，一起看湖。眼睛里，一片一片的蓝，相互辉映交融。那是湖的蓝。天的蓝。广阔无垠。

彼此间有戒备，一路上都是各走各的，少有言语。她的到来，恰如煦风吹过湖面，泛起浪花朵朵。众人受她感染，都变得活泼起来亲切起来，有说有笑的。原来，都不是冷漠的人哪。

很快的，她跟全团的人混熟了。这个头疼，她给止疼药。那个腹泻，她给止泻药。有人削水果，不小心被刀划破了手，她伸手到口袋里一掏，就掏出几块创可贴来。仿佛她会变魔术。大家对她敬佩和感激得不得了，她却轻描淡写地说："这没什么，我只不过多备了点常用药。"

西藏地广路遥，从一个景点到另一个景点，往往相距一两千里，要翻越许多座山，涉渡许多条河。天未亮，我们就摸黑上路，所有人都睡眼惺忪，根本来不及收拾自己，只把自己囫囵塞进车子了事。她却披挂完整，眼影，眉线，口红，样样不缺，妆容精致，光彩灼灼，跟画里的人似的。我们忍不住看她一眼，再看一眼，心里生出无限的感喟与感动来。

知道她的故事，是在纳木错。面对变幻无穷风光诡异的圣湖，她孩子一样的欢呼奔跑。然后，双膝突然跪下，泪流满面。我们都吓一跳，正愣怔着不知怎么办才好时，听到她喃喃地说："感谢上帝，我来了。"

原来，她身患绝症已两年。医生宣判的那会儿，她只感到天崩地塌。她在意过很多，得失名利，都曾是她生命的主题曲。她玩命地去争，甚至因此忽略了家庭，让自己憔悴不堪。当她知道自己的日子，只剩下短短三个月时，曾经双手紧握着的那一些，都成浮云了，她只要自己能活。

她开始重新打理自己的生活，养花种草。出门旅游。还常常跑去做义工。生命变得充盈起来，每天清晨睁开眼，看到窗外的一缕阳光，她的心里总会腾起一阵欢喜："感谢上帝，我又拥有一天！"她把每一天，都当做是崭新的，是重生。所以，心中时时充满感激。她活过了医生断定的三个月。活过了一年。活过了两年。还将活下去。

我们听得涟漪四起。生命本是如此珍贵，当爱惜。我们不再说话，一起看湖。眼睛里，一片一片的蓝，相互辉映交融。那是湖的蓝。天的蓝。广阔无垠。

等一个月亮

我被一个月亮吓着了，那么大一个，亮澄澄的，像朵丰腴的白莲花。周围空无一物，云不见一朵，星星没有一颗，它就那么“开”在半空中，寂然欢喜。

这是寻常的夏夜。各家都大门紧闭，窗帘拉严，冷气打得足足的，把月亮隔在门窗外。我亦如此，膝上搁块毛毯，在灯下读书，读到一首好诗：

妹，我们就种一小片云南/自己播种，自己收获/在坡地上，种草，种烟叶/种小白兔，种大象、森林和苍茫……

我怔住，在这些含着清香的字眼上转悠，突然想种点什么。

譬如，种一丛小花。让它开出星星点点的颜色，在南来北往的清风中鲜妍。

或是种点青葱。在做菜的时候，往每只碗里搁一小根，绿绿的，香香的，像鱼一样游。

要不，就随便丢下一把种子吧，长草长花，悉听尊便。它们会让一小撮泥土，产生奇迹，活色生香。

月影飘摇，暗香浮动，我们心里满溢的，是对月亮的赞叹。

我遇见了今夜的月亮。从此，有月的夜晚，我必会打开窗，静静地，等一个月亮。

这是种欢喜，种等待，种希望，种幸福。在少有传奇的人生里，我们总要种点什么，日子才有趣味，才会变得绵长。

我一刻也坐不住了，起身下楼，打开门，在小院子里寻泥盆。就在这时，一捧的月光，不由分说扑向我，迅捷把我淹没。我心里惊疑，有月么？一抬头，便逢着了一个硕大的月亮，在我的头顶上方，殷勤探望，它光洁柔嫩的面庞，清澈得如一张少女的脸。

我简直不能动弹，就那么傻傻地立在小院当中，看着它。我的身前身后，满淌着银色的月光，粼粼，粼粼。彼时，清风不动，四周俱寂。

我真想唤醒一些人，来啊，快快推开你们的窗，看看外面这美丽的月亮！

细细想来，有点冤，我们一生中，错过了多少这样的月亮，辜负了多少这样的良辰美景？一年一度，我们盼着过中秋，好赏月，好念苏东坡的诗：

暮云收尽溢清寒，银汉无声转玉盘。此生此夜不长好，明月明年何处看。

瞧，苏东坡都说了，此生此夜不长好的。我们以为，月亮也只有那夜才叫美。我们劳师动众，精挑一块靠近河岸的草地，旁有桂花树几棵，然后一圈人坐下来，吃着月饼，看一个大大的月亮爬上来。月影飘摇，暗香浮动，我们心里满溢的，是对月亮的赞叹。也有人为赏中秋月，不惜重金，坐了飞机飞去某风景区，在山上住下来。说是山中月色，别有风味。

原来，我们都被习俗蒙蔽了。哪个月夜，月亮不是绝美的？山中也好，平原也罢，它不欺不瞒，一样把光辉均洒。只

要有心，每个月夜，我们都能重逢到欢喜和美。我们却用墙，用门，用窗，把自己囚禁，把月亮和自然隔绝在我们之外。我们不知道花开得好，风吹得软，不知道鸟的啁啾，云霞的绚烂，我们逐渐变得麻木，淡漠，呆板，无有生机。

还好，我遇见了今夜的月亮。从此，有月的夜晚，我必会打开窗，静静地，等一个月亮。

高贵的宁静

初见小闫，觉得他特西藏的样子，皮肤黝黑，头发微卷，一袭藏袍加身。看不出实际年龄，二十多，或是三十多。

因火车晚点，小闫接到我们时，已是凌晨两点。拉萨的天上，挂着一个大而圆润的月亮。

小闫热情地来握我们每个人的手，嘘寒问暖的，满脸璀璨的笑，牙齿泛着月光色。他给我们献上洁白的哈达，嘴里亲热地叫着大哥大姐小弟小妹。“欢迎你们来到美丽的西藏！扎西德勒！”他不厌其烦地，一遍一遍说，把他的话送到每个人心上。

高原的不适，被他的真诚冲淡了，大家兴奋地围着他，找到亲人般的。从唐古拉山过来后，就一直病歪歪的一大姐，也被他感染了，精神抖擞地跟着他说：“扎西德勒！”

后来的数天，小闫一直跟我们朝夕相处着，是我们游西藏全程的导游。西藏线路长，每日奔波在路上需十来个小时，加上高原缺氧，有些人身体吃不消，闹起情绪来。小闫一再道歉，仿佛那都是他的错。他自掏腰包买了西瓜请大家吃，并找着乐子逗大家，问："朋友们，你们知道来过西藏的客人都怎么形容西藏吗？"

"美！"我们不约而同说。的的确确，西藏除了美，真的再找不到好的词来形容它。天蓝得似水晶。云是成群结队、前呼后拥的，一律的白而绵软。放眼处，山高水阔，云雾缭绕。草甸上，羊群或是牛群，似散落的珠子，白的，黑的，镶嵌在绿色的"地毯"上。山坡下，间或端出一大片开得好好的油菜花，惹得大家一阵惊叫，油菜花呀！八月天里能见到油菜花，实属幸福。还有高入云端的雪山，琼楼玉宇般的，在云雾的环抱中忽隐忽现，美得让人心疼。人间仙境，非西藏莫属。

小闫笑了，其实我们西藏，可以用四个字来形容："大美西藏！"

大伙不依，齐声叫起来："嗬，这哪里是四个字，分明还是一个字，美！"

"看来我还真骗不了你们。"小闫狡黠地眨了眨眼，说："对啊，就是美。这样的美，是我们人生中不可多得的相遇啊，也许我们这辈子再也不会来西藏了，这一次我们一定要坚持到最后，使劲地看，把西藏最美的景致带回家，朋友们你们说对不对？"

"对！"众人响应。

"好，那就让我们眼睛在天堂，身体在地狱，心在飞扬吧！"小闫的手在半空中用力一挥。这一挥，把一车人的激情全调动出来了，大家跟着他学说藏话，学念六字真言，听他讲西藏的风土人情。路再远，身体再不适，亦不觉得。

当一车人扑向一个景点，小闫只倚在车旁，静静地等。他手上把玩着一串玻璃珠子，眼光越过一群一群的人，望向远方，疲惫的，又是深情的。有人好奇，打趣他：“小闫啊，西藏处处是金是银是绿松石红珊瑚什么的，你怎么还玩这种破玻璃珠子？”

小闫一愣，不好意思地笑，与先前神采飞扬的导游判若两人。他低头，轻轻抚着玻璃珠子，说：“这是我女儿给我的礼物呢。”

大家这才得知，小闫根本不是西藏人，他家远在山东，他是来援藏的导游。本来说好待满四年就回去的，但临走，他不舍得了，他留了下来。他来西藏那年女儿刚出生，如今女儿都七岁了。他偶尔回家探亲，女儿一路高叫着告诉别人，西藏的爸爸回来了。他听到，心很疼，但最后他还是回到这里。

“这里有一种无形的力量在牵着我，让我离不开它，也许有一天我终究会回去，但我将非常想念它。”小闫说。我们齐齐点头，我们信。不远处，白日光照着雪山圣湖，寥廓晶莹，有着高贵的宁静，动人心魄。我们一边欢喜着，一边惆怅着，尚未离别，已开始想念，竟不能自已。

留 香

知道一种叫留香的米糕，缘于我的一个学生。学生到我这里来上写作课，每周一次，在周日下午。

周日这天，午饭的饭碗一搁，我的学生就从家里出发了。她手上抱一个纸袋，里面放着笔和纸，慢慢走，一边走，一边四处闲看。她要穿过两条巷道，一条颇现代，两旁开着这个吧那个吧，大白天也是彩灯灼灼的。一条却很古旧，像洗旧的蓝衫子，两边少有楼房，都是过去的老式平房，大门朝着街道开着。一些人家因地制宜，开起小店，卖些花花草草，做些小吃食。祖传秘方的小吃，大抵都藏在这条巷道里。

我那个学生顶喜欢从那条古旧的巷道过。她每次来，都兴奋地跟我说："老师，从那里走真享受啊！鼻子里闻到的，都是香哩，花草的香，食物的香。"

高三学生，学业过重，像载重的骆驼似的，平日里少有机会放松。她借着学写作的名头，到我这里来，其实，也就是给自己偷得半天闲。我很高兴给她提供了这样的机会。常常我们不谈写作，一人一把椅子，搬去阳台上，对坐着，聊些好像与写作无关的话题。比如，在那条古旧的巷道里，她会遇到哪些好玩的人。

说起这个，我的学生健谈得不得了。她会一一向我介绍，卖花的，卖烧饼的，做鱼汤面的，卖馒头的。有个卖水果的老头，整天唱喏般地招徕顾客："又大又红的枣子哟，不甜不要钱咪。"隔天换成："又大又香的香蕉哟，不香不要钱咪。"我的学生学着老头的腔调，笑得不行。

生活是庸常的，却也是有趣的，这正是生活的迷人之处。我也跟着笑，鼓励她把这些写下来。某天，我的学生一见到我，就迫不及待告诉我："老师，那里新开了一家米糕店，叫留香。名字好好听啊，糕也好好吃耶。"

"你吃过？"我对美食，向来难抵诱惑。

"嗯，好吃极了。老师，下次来我带给你吃。"我的学生大方地承诺。她突然笑起来，不可抑制的。我说笑什么呢？她说："老师，那个做糕的女的，长得很像你。"

这不单单让我觉得有趣，更好奇了，是恨不得立刻奔过去看一看。我很想知道，能取出"留香"这个诗意绵长名字的女子，是不是真的跟我很相像。改天，没等我的学生带糕给我吃，我就寻了去。不大的门面，整洁着，上书"留香"两字。大门两侧，各在墙上吊一盆绿萝，绿的茎蔓，长长垂挂下来。进门去，藤桌藤椅，玄米茶在杯子里浅淡着，客人可随取随喝。这不像是米糕店，倒像是喝咖啡的。清新雅致的风格，很让我喜欢。

也终于见着做米糕的女子。初见她，我暗自笑了，我的学生太高抬我了，这个女子比我要年轻得多，漂亮得多。她看上去不过二十五六岁，有着一张蜜桃似的脸。一件简单的粉色卫衣套着，清秀干净。有客来，她微笑着招待，不言不语，却在举手投足间，给人以微风轻拂湖面的感觉。

客多。只一会儿，她的几大蒸笼米糕就见了底。我在边上，好不容易“抢”到两只，顾不得烫，咬一口，暄软香甜，真真是好吃。跟她讲：“你怎么会做出这么好吃的米糕呢？”她也只是微笑，不说话，笑得天晴日暖。

再去，意外得知，她原来，竟是个失聪的。四岁那年，一场高烧，导致她再也听不见了。父亲因她的失聪，最后和她母亲离了婚。成长的路上，她遍尝艰辛，失望过，甚至绝望过。所幸后来遇到一卖米糕的老人，传她手艺，她便自己开了这个小店，取名留香，是为感激老人，要留住这生命的芬香。

把她的故事说给我的学生听。我的学生动容，半晌没言语。这年高考，我的学生语文得了高分，被一所很不错的高校录取了。据她说，写作文时，她写了这个做米糕的女子。

大山里的牵牛花

八月里，我偶得机会，跟随朋友去沂蒙山区做客。主人家的小男孩冬冬，八岁，长得胖胖墩墩的。他屋里屋外快乐地穿梭，一会儿从屋内捧出梨子给我们吃，一会儿又去院内摘来两根黄瓜。

我提出要看看他们的村子，他自告奋勇跑在最前头。“阿姨，我带你去。”他在前头招呼我，小脸蛋被风吹得红扑扑的。我跟着他，村前村后瞎转悠，只见石头垒的院墙，一家挨着一家，家家门户洞开，鸡狗安详。冬冬不时指着这里那里告诉我，这是杏子树，能结好多杏子呢。那是打碗儿花，可以吃的，很甜呢。

冬冬的身边，不知何时，多出几个孩子来。几颗小脑袋挨一块，嘀嘀咕咕，不时拿眼瞟我。最后，他们终于憋不住了，让冬冬出面问我，可不可以帮他们拍照。原来，他们是看中了我脖子上挂着的相机。我说：“当然可以呀。”孩子们高兴起来，欢呼雀跃。

我举起相机就要拍。孩子们看看四周，连连摆手：“阿姨，不行，不行，这儿不好看。”我有点意外，看看四周，一截矮墙立着，的确有些荒芜和单调了。“我们去云云家吧，她家开了好多的牵牛花。”冬冬提议。他的提议，立即得到热烈响应。叫云云的那个小女孩，激动得小脸通红，开心得一溜烟往家里跑去了。

我在孩子们的前呼后拥下，穿过两条小巷道，拐过一个转角，就到云云家了。矮墙上，一蓬牵牛花，气势磅礴地扑过来，红红白白，蓝蓝紫紫。云云和她年轻的妈妈早已候在院门口。

小院整洁有序，葡萄架搭出碧绿的天然廊庑，枝上的每串葡萄，都用纸袋小心地兜着。我好奇：“是怕鸟啄吗？”云云妈赶紧解释：“不是呢，葡萄要熟的时候，太阳一晒，会开裂，这是防裂的。”她盛了清水，给孩子们洗脸。见我还在仰头看她的葡萄架，她笑了，说：“每年采摘的时候，我都会留一些在树上，给鸟吃的。”

我的心，突然地软软一动，这份善良，照得见人世间最原始的淳朴。

洗净脸的孩子们，一个一个，站到院门口的那蓬牵牛花下。相机上的他们，笑得比牵牛花还灿烂。末了，他们还请我给他们的小猫拍照。给他们的葡萄架拍照。给他们的房子拍照。给他们的牵牛花拍照。“呀，这么好看呀！”他们挤在我的相机前，看着显示屏上他们熟悉的家园，快乐地大叫。

“要不要我给你们寄照片？”我问。

孩子们出乎我意料地摇头，说：“我们已经看到了呀！”

愣住，原来，他们把美装在了心里面。他们四散开去，快乐地追逐着风跑，一朵一朵的牵牛花，就开在了风里面。

两个瓦工师傅

两个瓦工师傅，一个姓尹，一个姓朱。两个人搭档着，专贴瓷砖，在这一行当，一做十多年。

我家新房装修，听人介绍他们手艺好，遂托了人去请。那边说，排队等着吧。我们急，得等多久？回，也就三四个月吧。语气浅淡。复又递了话过来，说，若是等不及，可以不等的，另请别的瓦工做吧。

这态度近乎傲慢了。因他们这等傲慢，我们倒愿意等了，傲慢是要有底气的，想来他们的手艺真的不错。

几个月后，终于等来他们。尹师傅瘦，朱师傅胖，两个人一动一静，如清风拂着流水。朱师傅几乎不说话，得空了，只闷头抽烟。我们对他说，吸太多烟不好呀。他抬头笑一笑，不作声，复低头吸。尹师傅却是个话痨子，一杯浓茶在手，一双灵活的小眼睛，眨啊眨的。他说，刚忙完一小老板的别墅，好家伙，那幢别墅所有的墙壁全贴的瓷砖，单单买瓷砖就花了三四十万呢。在他们之前，小老板曾找过七八拨瓦匠，都不满意，直到找到他们。

是吧？他得意之情横溢，扭头问朱师傅。朱师傅不开口，只抿了嘴笑，把一面瓷砖拿在手上敲敲，又放在耳边听听，再对着墙上比划着。比划半天，搁下，重拿一块，再如此动作一番。半个时辰过去了，一面砖还没贴上墙。

我们贴的质量你们绝对放心，尹师傅看着发愣的我们，说。他亦拿起一块瓷砖，敲敲，放耳边听听，再对着墙上比划着。这架势，不像在贴瓷砖，倒像在镂刻。我们暗喜，这两个师傅算是找对了，慢工出细活的。

隔三差五的，我们会去新房子那里看看。常碰到两个师傅在休息，一个喝茶，一个吸烟。一旁的随身听里，放着热闹的相声。尹师傅看到我们，赶紧麻利地起身，关了随身听，热络地跟我们打招呼，介绍他们的进度。朱师傅仍稳稳坐着，兀自吸着他的烟，脸上

挂一抹淡淡的笑。偶尔我们下午去，难得见到他们的人影，一屋的装潢材料凌乱着。打电话去问，一个答，正在牌桌上和几个牌友打小牌玩。一个说，他跟人去海边看涨潮了。

装潢的进度自然极慢，有不少等在后面的主顾，三天两头来追。他们一律慢悠悠地答，这活，快不了的，如果等不及，你们另请别人吧。他们接下的活计，已经排到来年。这才是初夏，他们却一点不急，依旧不慌不忙地，一面砖一面砖地推敲，贴上墙去，天衣无缝。一到下午，他们必早早撂下活计，换掉工作服，骑上电动车，一溜烟走了。他们要去打牌，要去会友，要去泡澡，要去广场上跳舞。总之，是要去享受生活的。

我一面欣赏着他们精湛的手艺，一面为他们惋惜着，要是紧着赶工，一个月怕是要多出好几万的收入吧。他们不为所动，理直气壮说，那我们也就没有时间玩了。

人这一辈子，最多也就百十年，不要那么急着赶路的。一直极少开口的朱师傅，淡淡笑着，突然冒出这么一句。

我陡地愣住，人生的确有太多的欲求可追可赶，永远也追不完赶不完。这两个瓦工师傅却早已明了，人生是用来忙碌的，也是用来享用的。世事淡然，适可而止。

素心如简

有好多年了，我一直居住在郊区。虽然离上班的地方远了些，但我喜欢那里的清幽，树木夹道，花草的香气，总是不分季节的在空气中缠绵。我喜欢沿着屋后的小道，漫无目的地走，走着走着，就走到人家的农田边上去了。我可以看看豌豆开花，青菜展开肥绿的叶，瓜藤上挂着绿宝石一样的果。

我也顶喜欢到一家厂房的门口去，那里新开了一家小店，卖面条，也卖米和菜油。有时懒了，不想做饭了，我就去买上一块钱的面条回来下。

小店实在袖珍，是厂房斜搭出来的一块廊棚，周围用砖砌了墙。原先大概是做收藏杂物之用，十来平米的样子，租金应该不贵。

开店的是一对夫妇，三十来岁的年纪，貌相普通，但看起来却清清爽爽。无论什么时候遇到，都能望见他们脸上的笑，憨憨的，亮亮的，让人觉得又亲切，又舒服。

夫妻二人配合默契，一个和面，一个必持了水瓢添水。一个称秤，一个则收钱。也没见孩子，倒见着流浪猫几只，在他们的店门口撒欢。他们用小花碗给小猫们喂食。有人拿起那花碗端详，可惜道：“这么漂亮的碗啊。”他们只是笑笑，照旧拿小花碗给猫喂食。

当黄昏的金线，一丝一丝拉开，他们的小店就打烊了。人问：“不做生意了？”他们笑答：“不做了，要跳舞去。”都换上了鲜艳的衣裳，男人开电瓶车，女人在后面坐着，一溜烟往市区的广场去了。那里，每日里都有一群人，在黄昏时分起舞。

有时也见他们在店门口跳。旁有巴掌大的空地，上面种着葱，长着蒜。绿油油的，很招人。流浪猫三四只，黑花白黄，绒球球似的，在葱里面打闹翻滚。男人教女人走舞步，一二三四，一二三四。路过的人停下，看着，笑。惊讶的有，更多的，却是羡慕。大有大幸福，小有小幸福，能这样与幸福握手拥抱的，能有几人？

一次，我去买面条。女人正在包藕饼，洁白嫩润的藕片，云朵样堆在手边。她放下手上的活，冲我笑：“来啦？”麻利地给我称上一块钱的面条。我说：“包藕饼呢。”

她说：“啊，对，我叫它素心饼呢。”

“为什么叫素心饼？”我好奇，这名儿太让人心动。

“我随便取的，你看，藕的这一个一个小孔，像不像心？”她拿起一片藕让我看，她脸上有孩子般的天真。屋外的天光，在藕孔里浮游，那些小孔，看上去，真的像一颗颗透明的心。

她装藕饼的盘子亦好看，白瓷的，上面盘着蓝色的碎花。她见我盯着她的盘子看，遂笑着告诉我，那是她挑的，她就喜欢漂亮的碗啊碟子的。“我家里那个人也喜欢。”她补充道。

我第一次认真打量他们的小屋。一条粉色的布帘子搭着，里面做了他们的起居室。面粉袋和米袋整齐地码在墙边。一个灶头的小煤气灶，挨门口放着。切面条的案板占去了屋内大半个地方，局促到转身也难。但装幸福，足够了。

男人去酒店送面条回来了。油锅里的油温升起来，翠绿的葱花撒下去，爆出香。男人探头进来，说：“好香。”女人抬头冲男人笑，应道：“饭就快好了。”

我提着面条跟他们告别，心变得快乐轻盈。我踩着林荫道上树的影子，向着我的小家走去，觉得这活着的有意思。素心如简，他的笑脸，她的笑脸，让一屋子的简陋，变得璀璨华贵。

遇见你，遇见花

我们都叫她陈美女。

一团九个人游香港，分别来自内地六个地方，完全的散兵游勇。接团的内地导游小何，显得很是不情不愿，一路之上，他吝啬着他的笑，照他的说法，这么小的团，他还是第一次带呢，旅游公司明着要吃亏。

我们看着他，都不吭声，暗暗有些悔，早知道，跟个大团也好，这人生地不熟的，怕是要被拉去强行购物，怕是要被中途扔下车，——这样的事，以前在新闻报道里看到过。我们正心思百转不得法，小何却突然宣布，底下的行程，将由香港地陪陈小姐来负责。一时间，人人都喜上眉梢，真是柳暗花明呢，女导游总比男导游容易相处。

车停，她走上来，我们都没在意，以为她走错了，——游客上错车的现象是有的，我们当她是游客。却见她满面笑容向我们问好："嗨，大家辛苦啦！欢迎来香港啦！我姓陈，接下来的行程，将由我来安排，你们要叫我陈美女哦。"她这么说着，兀自笑起来，沙哑着喉咙补充道：“不管多老的男人，也都是帅哥啦，不管多老的女人，也都是美女啦，人活得就是个心态啦。”我们愣愣看着她，真的很吃惊。她的年龄也有六十好几了吧，满脸褶皱，短而稀的头发上，斜别一枚红发夹，一件红碎花衫套着，——与我们想象中的香港女子，实在是相差了十万八千里。

我们有些失落，这样一个老阿婆，要做我们的导游，对余下的行程，我们简直不抱什么奢望了，一时间都沉默下来。她却不停地抱歉着，说她刚带了两个团，嗓子搞坏了，不能说太多话了。却没见她少说话，车过之处，这里，那里，她哑着嗓子，一一介绍，很快把我们的兴致调上来了，车子里现出活泼来，大家开始有说有笑。

香港的路窄，却不显拥挤，路边植有大棵的花树，上面开满大朵紫红的花，俏立着的有，调皮地倒挂着的有，粉面朝天的有，引颈远眺的有，五瓣一朵，各具神态，朵朵热烈。我惊讶着，这什么花，这么漂亮！她很有些自豪地介绍：“这是香港的市花哦，洋紫荆，我们香港人都喜欢这花，它能从初冬一直开到来年的春末呢。”

便以为她是土生土长的香港人，却不是，十八岁那年，她从福建老家，跟人辗转来到香港，吃了一顿饱饭后，她就决定留下来。“那时，我想，哇，这里可以吃饱饭啦，多好啊！”她笑了，说：“现在内地的发展要比香港快啦，想买什么也都能买到。”有人就逗她：“如果现在让你选择，回内地，或是继续留在香港，你怎么选？”她不假思索答：“当然香港啦，我的家在这里啦。”

四十平的房子，小，转身也难，却是她全部的爱恋，结婚成家，生儿育女，都在这所房子里。“香港人退休了，是不愿待在家里的，都出来找事做。房子小啦，待家里也没意思啦。”她哈哈笑，乐得很：“你们看一些服务行业，很少看到年轻人的啦，都是老年人在做。像我，也是退休后才做导游的，我做得很好呀，我们都是做不动了才不做呢。”

后来，大家留意观察，果真是。餐馆里，从收银的，到上菜的，到洗汰的，全是阿公阿婆级的人。景区里搞环保的，也都是些阿公和阿婆，个个精神抖擞，健康明朗。卖水果的阿婆，水果论个卖，论堆卖，十个橙子十港币，一堆香蕉五港币。阿婆笑眯眯坐在一棵洋紫荆下，看见我们，小哥小妹地招呼。她头顶上的洋紫荆，只管开着。哪怕只剩下最后一瓣，也还在枝头明艳，不开到彻底凋谢，绝不退场。

旅游合同上写着，最后一天自由活动，然后各人自行返回深圳。有的人已先行离开了，有的人去了澳门，剩下我和那人，陈美女的导游任务也就结束了。她跟我们握手告别，详细告诉我们返回时，应乘什么什么车，末了她开玩笑说：“我也要回家好好歇一天了，美女的嗓子真的吃不消啦。”她满脸的皱纹，笑成一朵紫荆花。

那天，我和那人贪玩，一直玩到天黑，才出了迪士尼乐园大门。我们走很远的路，去停在那儿的旅游巴士上取行李，却意外看见陈美女等在那里，在一树的洋紫荆下。司机告诉我们，她已等了大半天了。她只轻淡地笑了下：“也没有啦。”“有个事忘了对你们说呢，有一辆地铁下来后，是要转到下面去的。”她手上捏一张纸，上面密密地画着路线图，标着我们要上下的站台。在哪里上，在哪里下，在哪里要跑到对面去，在哪里又要乘电梯下去，她都特别标注了。“如果还不清楚，就给我打手机，我的手机一直开着的。”她叮嘱道。

我们去乘地铁，路不难认，因为地铁上都有显示屏，哪站哪站，开往哪里，不断有语音提示，她写的纸条，成了多余。然我还是紧紧攥在手上，不时对照着看，她标注的，分毫不差。

晚上八九点的时候，我们毫无悬念地到达罗湖口岸。在等安检时，我给她发了一条信息：“陈美女，遇见你，遇见花。真的很谢谢你，我们已安全抵达。”她很快回复：“到了就好。”一点也不诗意。我看着看着，眼睛里，却慢慢升起一层水雾。

一盆石腊红

她的父母突然宣布离婚的时候，她刚升入高中。

法庭上，她狠狠剜一眼父亲，再剜一眼母亲，从此恨上他们。她要让他们后悔，让他们痛心。她画重的眼影，描艳艳的口红，头发染成五颜六色，逃课，打架，进歌舞厅游戏厅。从前的乖乖女，荡然无存。

学校三番五次找来她的父亲和母亲。父亲气得牙疼，对她挥起拳头。她毫不畏惧地迎上去，眼睛死死盯着父亲。父亲的拳头，最终落在半空中，颓然地蹲下身去，抱着自己的头叹息。母亲则对着她一句话也说不出，只是痛哭。她却在心里冷笑，她就是要让他们痛，让他们无地自容。她变本加厉，越发的玩世不恭，完全一副小太妹的样子。

直到遇到他。

这年，她高三，他做了她的班主任。

起初她根本没把他放在眼里。一瘦小的老头儿，风吹吹欲倒，能拿她怎样？她照旧拿上学当儿戏，想来就来，不想来就溜出去玩。他却堵住她的路，慢悠悠地说：“要么你走出这个校门，出去了就不要再回来。要么你就回教室去，回来了就不要再出去。”

“要是我既想出去又想回来呢？”她挑战似地看着他，心里好笑着，这么一个小老头儿，居然想管住她，做梦！

“哦？那你试试看。”他的眉头扬了扬，语调冷得像冰，也不看她，兀自转身去了教室。她愣在那儿，正不知怎么办才好时，看见小老头儿已端着她的课桌出来了，人虽瘦小，力气却大得惊人。他把她的课桌摔到她跟前，掷地有声地说：“你带着它一起走吧，反正你也是考不上大学的，不如早点回家嫁人算了。”

被一个小老头儿当众如此抢白，简直是奇耻大辱。她的脸憋得通红，当即冲他大叫：“你有什么权利叫我回家？我就不回去！”她搬起课桌，返身回到教室。

她开始用功。有时抬头，会碰到小老头儿的目光，依然跟寒冰似的，那里面蔑视有，谴责有，不信任有，让她憋屈之极。她发着誓，一定要让这个小老头儿看看，她绝不是盏省油的灯。

她几乎脱胎换骨。高三一年，她全没了女孩样，她剪短了发，镜子不照，衣服不买，流行的歌不听，整天手不释卷。小老头儿对她还是冷，冷得像冰窖，弄得她的神经时刻紧绷着，不敢有懈怠。

她考上了，被一家重点院校录取。全校一千多名考生中，她跃居第三。她虚脱得想大哭一场，想把通知书摔在小老头儿跟前，看看他尴尬丑陋的样子。

她真的去找小老头儿。小老头儿仿佛知道她要来，慢悠悠地说：“你来啦？”转身提起水壶，去给墙角边一盆石腊红浇水。那盆石腊红长得可真够好的，绿肥红肥，蓬勃得有些不像话。她从没见过长势这么好的花，一时间发呆地看着。

“你知道这花是从哪里来的吗？”看她愣着，小老头儿笑了，得意地说：“我捡的。”他脸上竟露出少有的温柔，低头细细地瞅着花，说：“被人扔掉时，它瘦小得很呢，都以为它准枯死了。你看，它现在长得多好。” 她听了，心有所动，若有所思。

那天，小老头儿把那盆石腊红送给了她。他让她明白了一个道理：有时，严厉的表象背后，深藏着大爱。她很庆幸，在她人生最颓败的时候，遇见了他。

告诉海豚你爱它

青岛建有大型海洋馆，很神奇。去青岛，好玩的就是这个，不去也被怂恿着去。“你不去海洋馆，来青岛干吗呢？”见我犹豫着，陪同的人一脸诧异，觉得不可思议。

是啊，山也不奇，水也不奇，奇就奇在海底世界。那里，缤纷如尘世，却比尘世更富传奇色彩，那是水里的天与地，是水里的神话。

那么，去吧。穿过长长的“海底隧道”，人一下子仿佛掉进了幽深的海洋中。不见天日，却自有天日，两旁是蓝幽幽的海水相簇相拥，头顶上亦是波光潋滟。各种海底生物，如同春天的花朵般的，在水里面肆意“绽放”，争奇斗艳着。美丽的珊瑚，算得上是海里的树，参天蔽日。又像是海里的山，山峦叠嶂，云遮雾挡。五光十色的小鱼，斑斓着，在其中游来穿去，如同一只只花蝴蝶。鱼是水里的蝴蝶。这个时候，你除了感叹海底的神奇，更感叹人力的浩瀚，上天入地，人还有什么不能？

我正瞅着水里的“蝴蝶”愣神，感觉它们一个一个，都是天生的舞蹈家，舞姿轻盈，千变万轸，让人眼花缭乱。突然，身边的脚步声密集起来，一拨人紧着往一个地方拥去，潮水般的。有声音在问：“怎么了怎么了？”有声音匆匆应答：“快去看海豚表演啊，就要开场了。”

我不由得跟着跑过去。表演大厅里，高高低低的看台上，早已黑压压坐了一片人。我寻得座位刚坐下，那边的表演已开始，白鲸，海狮，海獭，海象，轮番上场。与人共舞，或独舞，一个个憨态可掬，乐翻了一场人。场上的掌声此起彼伏，经久不息。

轮到海豚表演了，它们的样子看上去笨笨的，体态却轻盈得似小鱼。一方池子里，它们一会儿没入水中，一会儿腾跳到半空中，在驯养员的示意下，顶球，钻圈，在水上翩翩起舞，完成着一个又一个高难度动作。还时不时展喉高歌，发出正宗的海豚音，一曲终了，再一曲，看得人如痴如醉。

表演接近尾声，海豚们陆续退到后台，观众们有点意犹未尽。这时，主持人突然面向观众席，激情澎湃地说：“我们大家都知道海豚是很有灵性很聪慧的动物，如果我们哪位观众，能走到台前来，对着海豚远去的背影大叫几声，海豚海豚我爱你！海豚就会回来，并且会跳到台上来，和你握手拥抱。来，就让我们来试试好不好？”他的话音刚落，举起的手已是一大片，众人都想去试。结果，是最前排的一个小女孩，被主持人选中。小女孩五六岁的样子，起初有点害怕，任主持人再鼓动，她也不肯对着话筒说话。后来，主持人问她：“那你喜不喜欢海豚？”小女孩答：“喜欢。”主持人说：“既然喜欢，那你要不要告诉海豚？你不告诉海豚，海豚怎么知道你喜欢它呢？来，让我们告诉海豚你爱它，好吗？”小女孩想了想，答应道：“好。”她对着话筒叫起来：“海豚海豚我爱你！”一声声，清亮稚嫩，如三月的小草，让人望得见有晶莹的露珠儿，在上面滚动。

全场寂静。只有小女孩的声音，在表演大厅里，一遍一遍回荡。众人屏声静气等着奇迹发生。我忍不住眼睛潮湿，我以为，那是一个稚嫩，呼唤另一个稚嫩。是一个纯洁，呼唤另一个纯洁。海豚真的回来了，它从池子的另一头，猛地扎到水里，一个腾跃，一下子跃到这头来，直起身子，跑到小女孩身边，和小女孩拥抱。霎时，全场欢声雷动。

表演结束，众人心满意足散场。工作人员在电喇叭里叫：“要和海豚合影的游客们，请到这边来，五十块钱一拍。”池子那边，簇满了人。另一部分工作人员在清场，一会之后，海豚们又要进行下一场演出，外面的游客在等着的。我在表演大厅外，站了很久，小女孩稚嫩清亮的声音，一直在我耳边回荡，她叫：“海豚海豚我爱你！”

我们爱吗？我们不爱的，我们只是一群看客。

卞同学

卞同学走了，癌。

我知道这个消息时，几个大学同学正赶往他家，去送他最后一程。半路上，一同学给我电话，哽咽半天，说："你要保重啊，我们都要保重啊。"

我有些发愣，一时竟说不出什么话来。从一出生起，我们就注定走在这样的路上，相遇，别离，最终消失。一年一年的，草绿草枯，花开花谢，各安天命。

大学时，我是个内向的女生，沉默寡言。却狂热地爱着诗歌，没课的时候，我都待在阅览室里，读书写诗，与班上同学几无往来，好多同学的名都叫不出。但对卞同学，我却印象深刻。

一是因为他的姓——卞，在我相识的人里面，这个姓是头回见到，很特别。二是因为他的长相，宽脸，小眼睛，高鼻梁，特像我的一个高中同学。记得我们第一次在班级门口相遇，我看着他，心突然狂跳不已，几乎要脱口喊出我那高中同学的名字。但随即我清醒了，我那高中同学早已南下，在另一所大学读书，与我南辕北辙着。卞同学不知就里，他看着愣怔着的我，笑了，眼睛弯成一道缝，对我伸出手来打招呼：“你好啊。”地方口音浓重。

我们坐在同一个屋檐下，听同样的课。卞同学坐我左侧，有时我偶一抬头，瞥见他的侧面，鼻梁挺直，轮廓柔和。我恍惚着，又以为是我那高中同学，心有点疼疼的。然我们并无太多交集，路上遇到了，顶多是点头笑一下。

印象中，卞同学去竞选学生会的什么职务，竞选上了。他眉毛飞扬地冲进教室，对全班同学挥一挥手，爽气地说：“周末我请客，我们去公园溜冰。”

溜冰当时还是挺新颖的一项运动，班上男生女生都玩得极开心，他们在溜冰场上，追逐嬉闹，笑容怒放。我却不敢溜，同学再怎么劝，我也不肯套上冰鞋。我独自在公园里四处转悠，赏花赏草。卞同学觉得很抱歉，他买了根红豆冰棍追着我跑，一迭声说：“对不起啊，对不起啊。”把冰棍塞到我手里。他扭头跑开时，又突然回头，笑眯起两眼，许诺我：“下回我请你看电影。”

电影后来有没有看，我不记得了。他奔跑的样子，我却记得清晰。他迎着风，发丝飞扬，像一头奔跑着的鹿，又轻快，又明亮。

我还记着一件事。我在《辽宁青年》上发表了一首小诗，我还没看到，卞同学却先于我看到了。他欢天喜地冲进教室，手里挥动着那本杂志，大声说：“快来看啊，这是我们班同学写的诗啊，骄傲啊！”后来，他每每遇到我，都会很认真地问：“最近有没有什么新作啊？”这话一直问到大学毕业。想来那时，他也是喜欢诗的吧，不然他怎么会读那样的杂志，怎么又表现出那么浓烈的兴趣？

我找出当年的毕业纪念册，翻到卞同学给我的临别赠言：

这就是你吗，会为逝去的流泪，会为未逝的而感伤的颇有文学涵养的女孩？虽说抑郁符合诗人的气质，可我总希望他年的你不再如此。曾为同班同学发表一首馨香的小诗兴奋不已，更为明天你的诗集的付印而欢呼。翘首期待你的成功！

我看着看着，卞同学的样子浮现出来，高高的个子，方脸，小眼睛，鼻梁挺直，轮廓柔和。我陷入深深的怀念中，连同大学那段美好时光。我们都是嵌在那段时光里的人，永远都在那里。

人淡如菊

问阮新买了一只蓝瓷瓶，蓝宝石一样的，莹润剔透。瓶身丰满，瓶颈却细而长，宛如穿着大裙摆的小姑娘，在引颈起舞。阮说，春天你可以插枝桃花，夏天可以插枝荷，秋天可以插枝金桂，冬天可以插枝腊梅。

阮是开花店的。因喜欢花草，我经常光顾一些花店，由此结识了不少花店老板，每每有了新品种，他们总不忘给我发个短信，或打个电话。其中，就有阮。

阮不过三十出头，是这些花店老板中最年轻的，长相斯文，举止温和。他的花店，开在一条偏僻的巷子里，远离闹市。一小间平房，摆满各种花草，却取名：陶言瓷语。很特别。隔三岔五的，我会主动跑去阮的花店看看，不为看花，只为看看他装花的那些瓶瓶罐罐，一律陶瓷的，或活泼俏丽，或古朴素淡，或高贵典雅。阮常常出其不意地摆出一些来，颜色的纷繁自不必说，造型也别具一格，少有重样的。一株普通的花，凤仙花，或是秋菊，装在那些陶罐瓷瓶里，立马变得光彩照人。是灰姑娘走进王宫了。

价钱自然也不菲。来阮的花店逛的客，并不多，大多数人更愿意去买泥盆子装的花，便宜得很，三五块钱能买上一大盆，一季开完了也就完了，随手扔进垃圾桶，毫不可惜。阮的生意，便显得有些清淡，常常我去时，店里一片静。那些好看的瓶瓶罐罐，摆了一花架，有的上面开着花，有的没有，遗世独立的模样。劝阮，也顺带卖卖廉价的花嘛。阮只笑笑，并不在意，把一株开着小红花的海棠，移进一只浅灰的陶罐里，顺手标上价：200元。他把那罐海棠，摆到了店门口。走过的人，忍不住看上一眼，回头，再补上一眼。绿的叶，红的花，与浅灰的罐身搭配，像幅立体的油画。阮也不招徕，也不吆喝，一任大家看着，再走远。阮说，懂花的人，自然懂的。语气缓缓，像微风拂起清波。

也真是有人懂。常来阮花店里逛的，除了我，也很有那么几个老顾客。他们跟阮说说笑笑，把店里每样陶瓷都用眼光抚摸一遍，最后，把喜欢的打包了。并问阮，底下将有什么新作品。到这时，我方才知道，阮店里摆出的陶罐瓷瓶，原都出自阮的手。每一件，都是阮亲自设计的，再花了重金，到陶瓷厂定做。

曾经的辉煌，更让人吃惊。名牌大学毕业的，出国镀过金，披了一身光环回来，在大都市拥有年薪几十万的职位。一次旅途中，阮偶然与陶瓷相遇，从此爱上。加上自幼喜欢花草，遂辞了职，回到小城，开了这家花店。

我想过要问问阮，有没有为他的选择后悔过？但看着埋首

在一堆花草中，静好得犹如那些陶罐瓷瓶的阮，我终究没问。有顾客来，看中阮店里一罐绿萝，不还价，爽快地付钱，当宝贝样的捧走。阮微微笑着，站在门口，目送着那罐绿萝远去。

有人羡慕阮，可以有勇气与众不同。有人又说他傻，丢掉优裕繁华，太不值得。到阮这里，都变得波平浪静了，阮只走着自己的路，人淡如菊。——这也是生活的一种，看似简单，却是我们许多人望尘莫及的。

朵 朵

朵朵，男猫一只。我取的名，喻为花朵一样的。

某日，邻家女听闻我唤朵朵，她“扑哧”一声笑了，说，明明是只男猫，还花朵呢。

朵朵似乎听懂，抗议地冲她喵喵。名字代表尊严，它极维护。大概它亦懂得我给它取这个名的寓意。花朵也有男女之分，像茉莉啊蔷薇啊当属女性，千娇百媚着。而菜花啊槐花啊当属男性，有铿锵之美。

朵朵本是只流浪猫，我在体育场跑步时，遇见它。其时，它又瘦又小。我的前面有人，我的后面有人，但它偏偏只跑向我，在我脚跟边缠绵。我的脑子里立即蹦出俩字：缘分！

带它回家的路上，它不叫不闹，极安静地让我抱着，不时拿两只溜圆的眼睛看看我。这份信任，让我更坚定了收养它的信念，尽管家里某人坚决反对，它还是在我家安营扎寨了。

本来最担心的事，是它的卫生。然朵朵是只极干净懂事的猫，它家里一通搜索。最后，把目光锁定在几只花盆上。要方便它就跑过去，在花盆里挖一个小坑，方便完了，用小爪子把土原封不动盖上。大喜过望的是我，这下，省了给花施肥松土了。从没见开过的一盆茉莉，今年也开出喷香的几朵来。

家里没老鼠可捉，朵朵就捉虫子。偶尔飞过苍蝇蚊子，定难逃过它的小手掌。当然，更多的时候，它无所事事，就和花瓶里的花玩。或是和飘拂着的一角窗帘玩。一次，我看见它抱住一粒花生米，在客厅的地板上来回打滚，玩得不亦乐乎。一只猫的快乐，简单透明，你学不来。

朵朵爱吃鱼，可更爱吃肉。鱼和肉二者不可兼得，它一定会舍鱼而取肉也。不知哪一天，它知我书房里有牛肉干。每日入我书房讨吃，也不叫唤，只盘腿坐着，仰着小脑袋，天真无邪地望着我。我实在架不住它的纯情，掏出一粒牛肉干给它。它不贪，吃完就走，生怕惹你烦了。它是只懂分寸的猫。

它睡觉时，姿势诱人，有时环抱成球，头深深埋在腿臂间。有时身子扭着，肚子朝天。有时完全四仰八叉。什么样舒服它来什么样的，电闪雷鸣也撼它不动。偶尔逗它，捏它耳朵，揪它尾巴，它至多眯缝着眼看你一下，沉沉地又睡去。羡慕它，什么时候我们人类也能如它一样，睡觉时就一心一意睡，别无旁骛。

朵朵不像狗那么低声下气，它甚至是骄傲的。有时唤它，朵朵。它充耳不闻，照旧玩它的。过一会儿，它若无其事跑过来。你生气，说，怎么叫你你也不睬呢？它仰着小脑袋，无辜地看着你，两只溜圆的大眼睛瞪着，仿佛在说，我是只有尊严的猫，我不是呼之即来挥之即去的小狗。

我们要去西藏，一去十多天，也不知怎么安置它，狠狠心，把它关到了院门外。想着它有流浪的经验，大不了重操旧业，重新杀回江湖，做只流浪的猫。

十来天后，我们归来。夜幕四垂，屋前寂静。我们掏钥匙开门，刚唏嘘地说一句，朵朵怕是真没了。它不知从哪里冒出来，扑向我们，绕着我们的脚跟连声叫唤，像受尽委屈的孩子。灯下看它，它瘦了，却也长大了。

一只猫的忠诚，让我们汗颜。这意外的重逢，使我们再舍不得对不住它。从此，它正式成为家庭一员，备受宠爱，不可或缺。

那十多天的生活，成了一个谜。有时，朵朵在一边安静地待着，目光深沉。我看着它，实在不知一只猫的小脑袋里，到底装有多少故事。

小恋情

他突然喜欢上她。

那日黄昏，放学了。天色已暗，他下楼，她也下楼，一群花枝招展的女生之中，她素朴得像一棵狗尾巴草。她不穿高跟鞋，不穿紧身裤，不佩戴挂件，头发拢在脑后，随意挽成一束，笑容轻浅。他的眼前，仿佛有小溪流过。

这是高二，被称为高考的跳跃阶段。学校的电喇叭里，天天强调，高一是起点，高二是奔跑，高三是冲刺。也三申五令说，中学生不许谈恋爱。

可是，春风来拂，谁能挡得住小草钻出地面、杨柳爆出新芽？他找着各种理由，接近那个小女生。他们相熟起来，互递着小纸条，说些生活中发生的小趣事，或小烦恼。各各取了一个奇奇怪怪的英文名，彼此称呼着。

他的日子，开始充满期待。每天一睁开眼，他就恨不得飞到学校去。他开始在乎起自己的外表来，每天停在镜子前的时间，明显变长。他不满意自己冒出的青春痘，期望能意外获得奇药，喝下去立马让他的皮肤变得光滑。他也不满意自己的身材，太瘦了。从前不喜吃的鸡蛋，他现在每天吃两只。从前不喜喝的牛奶，他现在每天都要喝上两大杯。他要养得壮壮的，好让小女生有安全感。

他一分一分积攒着零花钱，给小女生买巧克力吃。巧克力偷偷塞在小女生的桌肚里，当他看着她掏啊掏啊，掏出一脸的惊喜。他笑了，假装读书，装着若无其事。他也悄悄去车棚，把小女生骑的那辆粉色自行车，擦得锃亮。他还天天在她的车篓里，放上一朵艳丽的月季花。那是校园花坛里开得最好的花，为摘它，他往往被月季花的刺，刺得倒抽凉气，然心里却乐开了花。

她生病，有几天便缺席着。他一下课就伏到教室外走廊的栏杆上，往校门口看，他想把她望来。她不在的那几日，他心神不宁，坐立不安，却还是帮她整理好落下的听课笔记，一字一字，笔道刚劲，是从未有过的认真。

她说，喜欢成绩好的男生。他有一段日子，就非常非常地用功起来，成绩扶摇直上，搞得教他的老师都很惊讶，当众表扬他，要全班同学向他学习。他在心里偷偷笑，只有他知道，这都是为了她。

他约她看过一场电影。请她吃过一碗豆腐花。在教学楼的天台上，他们一起吹过风。甚至谈论过将来，将来，也是要在一起的。他不会变心，她也不会变心。

他们的交往，很隐蔽，像春风潜入花圃。然满园的繁花点点却是遮不住的，他们还是让大人们给发现了。先是班主任找了进行严肃谈话，然后是各自的家长如临大敌，对他们严加看管起来。

他们靠小纸条联络。每天都要写上若干的纸条，写到最后无话时，他就画上一个“心”，或是“笑脸”。他想，她是懂的。在班主任和家长的眼皮子底下做这样的事，他们的心里，有叛逆的窃喜。

随后，就进入高三了。换了班主任，家长也不那么看管他们了，他们的关系，却莫名其妙地冷淡下来。他们传递纸条的频率，越来越少，有时竟一个星期也写不了一张了。

课后，他和一帮男生，呼啸着去打球，一头一身全是汗。她和一帮女生，跑去小卖部买烤肠吃，吃得满嘴皆是油。楼梯口，他们相遇，他们有些诧异地看着对方，觉着陌生。他再看她，真的是个很一般的女生。她再看他，也真的是个很一般的男生。

晚上，他们分别收到对方的纸条，上面竟是同样的话：“以后我们不要再传纸条了，我们还是学习吧，一心一意迎高考。”他笑了，把她曾经写的那些小纸条，用一个纸盒子装了，塞到床底下。她也笑了，做了同样的事。

这场小恋情，就像轻风抚过花的心。然后，风有风的路要走，花有花的事要做，各自安好。

NO.2
人间岁月，各自喜悦

种点什么吧，在春天

一

种点什么吧，在春天。

就种几朵小花吧。就种两棵小树吧。就种一盆小草吧。或种瓜种豆。种葱种韭。

种等待。

有等待的人生，多么丰盈富足。等着等着，花就开了。等着等着，叶就葱茏茂密起来。小草成茵。瓜果累累。葱绿韭肥。季节里，还要怎样的好？

实在没什么可种，我们还可以种几片阳光，一点善心。

携着阳光前行，不漠视他人的苦痛。不嘲弄他人的缺陷和失误。心怀感恩与怜悯，在能伸手相助的时候，尽量伸出你的手。那么，这个世界，将会长出多少绚烂的美好。

二

海边无人，空旷辽远。

几朵野菊花，在将绿未绿的茅草丛中，欢颜轻绽，清香暗播。

风来，它笑。云走，它笑。鸟叫声在远处啁啾，它笑。泥土在它身下喧腾，它笑。三五点艳黄，就把一个春天驮在身上。

你不知道它，有什么要紧呢？它在，便是满满一个世界。

向一株植物学习吧，在该绿的时候，拼命绿。在该盛放的时候，拼命盛放。你看见，或者没看见，它都在那里。天晴时绿着，开着花。天阴时，还在绿着，开着花。只要心中有晴天，便日日晴着。

三

下班回家，偶抬头，被一个浑圆的春天的落日吓住。

隔着一些房屋，隔着一些树木，隔着一些河流，隔着一些山和溪谷，它像朵大红的木棉花，开在天边。

艳。惊艳。人一时半会动弹不了，只呆呆站立着，望着那朵“花”。眼见着它一点一点小下去，小下去，小成核桃。最后，像块糖似的，慢慢化了，天边绯红成海洋。

我的心里一边欢喜，一边疼痛。我不知道我为什么要疼痛。天地间有些美，真叫人承受不住，你没有办法的，你只能被它俘虏，融化。我想象着那种甜，似蔗糖，如奶油，浸得每一丝云彩，都变得黏稠。

黛色从四周涌上来，潮水一般的。而月亮已迫不及待出来了，一枚鹅毛在飘。又像宣纸上，描上了半朵白莲花。这时，天地间被一种奇异的色彩笼罩着。红也不是。黄也不是。青也不是。蓝也不是。却是炫目的，金碧辉煌。

白天和黑夜的交接，原是如此的隆重与华丽，妙不可言。

四

晚上散步，路过一个小亭子，我走进去。

空气是暖的。树的影子，在地上晃。风浅淡得若有似无。透过树梢，我看到天上一个鱼丸子一样的月亮。音乐和人的声音，响在不远处，那是跳舞健身的人们。草的清香，树上嫩芽的清香，把一切衬得无比幽静，又无比甜蜜。

这个时候，我只觉得样样都是好的。春天是好的。树是好的。草是好的。月亮是好的。音乐是好的。跳舞的人们是好的。我也是好的。

因为我在这里，因为我没有错过，我感动得想落泪。

五

柳该堆烟了吧？桃花快开了吧？乡下的麦子，已浩荡成绿波浪了吧？

母亲说，今年燕子又到家里来做窝了。

是吗！我高兴地说。微笑间，春天已盛装而来。

那么，许自己一段闲暇吧，在这个春天，去捡拾一些久违的小欢喜。蘸几声鸟鸣。拌几滴雨声。采几点新绿。喝一杯下午茶。或者，轻枕春风，听听花开草长的声音。看白云悠悠，荡过万里晴空。或者，就着黄昏，读一段童话。

是的，不管季节走多远，我也一定相信童话相信美好，不让心在纷繁芜杂中走丢。

人间四月天

这个时候，眼睛里看到的，都是好的。怎么看，都是好的。

人间四月天哪。

我从窗户里一探头，就看见屋旁人家院子里的桃花。那里，梅已开过，桃花开始粉墨登场。只一棵树，算不得繁密，像国画大师随意挥毫，勾勒出那么几枝，风骨却立时显露出来。一小朵一小朵粉红的花，撑在上头，凌空远眺，眼波流转，顾盼生风。

我总要呆呆地望上一阵子，望得心里也开出花来。有好几次我都瞅见那户人家胖胖的妇人，在花树下拾掇着什么。妇人是个厉害的角色，常听她大着嗓门，在喝骂自家孩子，雷霆万钧。有一次，我还碰见她在小区门口跟人吵架，吐沫横飞，委实泼辣。这会儿，一树的花，映得她整个的人，水粉水粉的。她变得温柔可亲，落到我的眼里，也像画了。

总觉得桃花这样的花，豁达得很，群居来得，独处也来得。成片的桃园，它们你挤我挨，铺天盖地，波澜壮阔，美得让人心慌意乱。然单单的一棵，也不显得冷落。乡村人家常常就长着这么一棵，四月天，它从屋后探出半个身子来，变魔术似的，掏出一朵花，再掏出一朵，无穷无尽，喷红吐粉。周围再多的麦绿花黄，也立即做了陪衬，只那半树的花，勾魂摄魄。

茶花开得就有些傻了。阳台上有一盆，从三月一直开到现在，越发开得无心无肺。瞧它盛开的架势，不把一个春天开完，是绝不罢休的。我有些惊讶的是它的凋谢，不是一瓣一瓣凋零，而是整朵整朵掉落。它算得上是花中真名士，即便谢了，也保持盛开的姿势。

也终于轮到垂丝海棠上台了，它擎着一树的花苞苞已等候多时。四月的东风一吹，它就满满地怒放了，红粉美艳，遮天蔽日。人在它边上走，有种锣鼓喧天鞭炮齐鸣的感觉。——让人产生这种感觉的，还有菜花。

菜花得去乡下看。

乡下的四月天，真是奢侈得不行，叫得上名儿叫不上名儿的植物们，都蓄着一股劲，开花的拼命开花，吐绿的拼命吐绿，没有哪一样，不是入得景上得画的。且不说桃花，不说梨花，不说杏花和苹果花，单单是野地里的那些蒲公英、一年蓬、婆婆纳和野菊花们，就足以晃花你的眼，你有些忙不过来了，不知道先看哪一样才好。

而成片的油菜花，简直让你的呼吸不能顺畅了。那种气势磅礴，那种淋漓尽致，那种不管不顾，只埋头拼命焚烧般的盛开，真真叫人忧伤得很了。美到极致的事物，往往总令人发愁，不知拿它们怎么办才好。站在菜花地里，你的眼睛被染得金黄。你的脸庞被染得金黄。你的头发被染得金黄。你的手，你的脚，你整个的人，无一不被染得金黄。你也成了菜花一朵。来吧！燃烧吧！让生命彻底地痛快一回。

惹看的，还有柳。有河的地方有。没河的地方也有。我见到一户人家屋前长柳，绿意轻染，让一幢小楼，变得秀气十足起来。古人喜折柳相赠，“柳条折尽花飞尽，借问行人归不归”。哎，为诗中人叹息，桃红柳绿时，最易相思。我想起牡丹花繁盛的洛阳城，多的是柳，街道两边，一棵伴着一棵。这四月天里，它们不定怎样的绿波纷扰，绊惹春风呢。

这个时候的春风，是可以煮着吃的。菜苔是香的。莴苣是香的。春韭是香的。还有蒜薹，烧肉是最好不过的，不吃肉，单拣那蒜薹吃了。烧鱼时若搁上一把蒜薹，鱼会变得格外的香，四月的好滋味，便在舌尖上缠绵。

香菜开花

香菜开花，居然也那么好看。——我是很有些惊奇的了。

照理说，我应该见过香菜开花的。从前的乡下，哪家没有这样的一畦菜蔬？用它凉拌云丝，或是萝卜丝，是顶好吃不过的。煮鱼或烧汤搁一点在里面，那鱼和汤，就香得不得了。乡下人叫它，芫荽。

花在乡野最容易被埋没，那是因为多。乡下几乎没有一种植物不开花。野蔷薇、紫云英和野菊花，一开一大片，把香气撒得到处都是，也无人去赏。农人们兀自在花旁劳作，浑然不觉。香菜开花，就更显得籍籍无名。

然现在不同。现在，它是在我的花池里开了花，让我忽略不得。

院门前的花池里，曾入住过一拨一拨的植物。有我特意栽种的，像月季、美人蕉和海棠。也有主动跑来的，如狗尾巴草、婆婆纳、荠菜和一年蓬。我亦在里面长过扁豆，想有满池秋风扁豆花的。后来，扁豆果然蓬勃得不像话了。

只是，这棵香菜是什么时候来此安营扎寨的呢？不知。花池里本来长着一大丛茂密的海棠，都快把池子给撑破了。母亲来我家，看见，觉得浪费了，拔掉，栽上葱。母亲说：“葱多好啊，家有葱花，做菜不求人的。”

葱却瘦，不情不愿的样子。每每看到它们，总让我觉得愧对它们，给它们浇淘米水，给它们施有机肥，还是不见它们茁壮起来。邻居看见，说：“这块地的肥力没了，怕是被原来那丛海棠给吸收了。”我想想，觉得有道理。从此，对它们不再过问。

那日，我站小院门口，和邻居闲话，一瞥花池，竟看到了香菜。这太让我意外了。我走近了，弯腰细看，可不就是香菜！一棵，安居乐业在我的花池里，端出一副碧绿粉嫩的好模样。电话问母亲：“可有帮我种过香菜？”母亲答：“没有啊。”这更让我欢喜了，好吧，我当它是风吹来的礼物。

一日一日，它勤勉生长。葱们渐渐退居一隅，花池成了它的天下。

忽一日，它就开花了。想来它是早就蓄谋好了的，先是悄悄抽长，个头变高，终于婷婷起来，枝叶纷披。而后，它悄悄积攒着米粒似的小花苞，绿的，与绿叶子混在一起，不细看，还真看不出。一俟时机成熟，它便当仁不让地全部盛开，一头一身，全是细白的小碎花，满天星似的。隔着清风看过去，叶疏花细，很像蓝印花布上息着的那一朵朵。花中生花，五朵环抱，精巧秀气，每一朵，都当得了古典美。

于是，我有了一池的香菜花可赏。无论远观，无论近看，它都上得了台面，不比人们钟爱的兰花逊色。对着它，我有些感动，我们相识很多年了，我却是第一次见识它的花。从前的从前，它应该就是这么开着花的。以后的以后，它还将会这么开着花。有人赏，或无人赏，对它来说，又有什么关系呢？它只管顺应着自然的法则，一路走下去，让生命按着生命的顺序成长。

想起曾看到的一句话："花的开落，不为旁衬或妆点，花只是花，开落只在开落本身。"这颇像我们的寻常人生，一生默默，不离不舍，无关繁华与冷落，只认真地活着自己的活。

胭 脂

突然听到“胭脂”这个名，我的心里，陡地吃了一惊。

是唤一个湿软的女子，她有着细长的眉毛，细长的眼睛，生在江南烟雨的小巷里，暗香浮动，摇曳生姿。又或是，古有女子，对镜理红妆，是“谁堪览明镜，持许照红妆”，是“玉面耶溪女，青娥红粉妆”，——这里的“红”，就是胭脂。素手纤纤，在胭脂盒内蘸取一点，拍在腮上，女子的脸，立即艳若桃花。

彼时，夕照满天，我正弯腰，在细细打量一丛花。那是块拆迁地，断壁残垣处，它开得勃勃生机，喜庆热闹，全然不理周遭一片瓦砾倾轧。紫红的一朵朵，昂昂然，艳，鲜嫩，有股不屈不挠的架势。在我，是旧相识。只没想到，阔别多年，会在城里与它不期而遇。

一遛狗的老先生路过，以为我不识此花，随口告诉我，是胭脂啊。因他这一说，我认定他是个文化人。我用微笑向他致意，颔首谢过，却在心里翻江倒海。

它居然有这么个香艳的名字。

童年的乡下，家家都有这么一大丛胭脂花，长在厨房门口。仿佛它生来就派长在那儿，是乡村应有的模样。像屋后面有河，弯弯的田埂边开野花。像屋顶上歇着无数的雀，牛羊的叫声，此起彼伏。

它在傍晚开，早上合，和月亮一起盛放，和星星们一起旖旎，它是夜的精灵。——我的乡亲远没这么抒情，在他们眼里，天地万物，都是本来的样子，鱼在河里游，鸟在天上飞，没什么可奇怪的。家家做晚饭不看钟点，只要瞟一眼厨房门口的花就是了。哦，晚婆娘花开了，该做晚饭了，他们自言自语。

对，他们叫它，晚婆娘花。是勤恳持家的小主妇，夜幕降临了，还不肯歇息，纳鞋打粮，为一家人的生计打拼，直到月亮累弯了腰，花儿也要睡了。

断指七爷的家门口，也长着这么一大蓬胭脂花。七爷的断指，说是打仗时打掉的。激战中，他用手去挡子弹，子弹一下子削去了他四根手指。

我们小孩子好奇，问他，七爷，你真打过仗么?

七爷从鼻孔里“哧”出一声，不搭理我们，自去喝他的老酒。一桌一椅，一人一壶，斟满一个夕阳。鸟雀声稠密，一旁的胭脂花，开得沸沸扬扬。

我们傻傻看着，被眼前景怔得无话可说。这时，突然听到七爷幽幽吐出一句，喊，我跨过鸭绿江时，你们这些小毛头还不知在哪片草叶上飘呐。

我们不懂什么鸭绿江，但从他的神态上，肯定了他果真是打过仗的，心里便把他当英雄崇拜。村里人也都这么崇拜着，对他尊重有加。他无后，孤身一人，住两间茅棚，极少种地，家里却从不缺吃的。谁家新打了粮，有了时令蔬菜，都给他送。我受母亲委托，曾给他送过扁豆。这任务让我觉得光荣，小篮子提着，全是新摘下来的扁豆，散发出一缕一缕清香的味道。他收下扁豆，叫我好姑娘，在空篮子里放上两块糖，说，替我谢谢你妈妈。他这么一说，我便高兴得不得了。有糖吃自然高兴，还有他谦和的语气，也让我莫名开心。

一年一年的，村庄见老了，七爷却不见老。前几年我回乡遇见，他还是那般样子，八九十岁的人了，耳不聋，眼不花，一顿还能喝掉半斤酒。全村人都把他当老佛爷了，家家有事，他都是座上客。

他的房子村人们给新修了，小瓦盖顶，门窗结实。只遗憾着，门前不见了胭脂花。

麦浪滚滚

五月布谷鸟叫，布谷布谷——像短笛吹奏，清脆的一两声，绕着城市上空，一路向着城外去了。

这“笛声”牵人，人的脑子里立即现出一幅欢乐丰收图来：一望无际的农田里，麦浪滚滚，像滚着一堆又一堆的碎金子。阳光锡箔儿似的，在麦浪上跳。

乡下孩子，从小就亲近这样的图画。每闻布谷鸟叫，田里的麦子们，仿佛在一夜之间，全都被镶上了金，乡下村姑成皇贵妃了，华丽且雍容。农人们忙得脚不沾地，麦子要收割了，棉花要播种了。收割前夕，孩子们便有了一大任务，在麦田边看护麦子，追逐来偷食的雀。这任务孩子们乐意，持了长长的竹竿，很神气地在麦田边奔跑。风吹，麦浪翻滚，一波一波，像黄绸缎铺开来，淹没了小小的人，觉得自己也成一株金色的麦穗了。那景象，镌刻在记忆里，再难忘去。

我们去寻从前的麦浪。一行人，跟着布谷鸟，一路向着城外去。走过一个村庄，再一个，却难见到成片的麦浪了，有的

风吹，麦浪翻滚，一波一波，像黄绸缎铺开来，淹没了小小的人，觉得自己也成一株金色的麦穗了。那景象，镌刻在记忆里，再难忘去。

只是零星的。村庄不长麦子了，麦子忙人，村庄的人，却越来越少。村庄只好长别的植物，或干脆长草。

好不容易逮着一个村子，眼睛里跳出一整片的麦地来，大家几乎要欢呼了，立即冲下车去。

小河横亘。有人家在河边居住，三间老平房，屋门落锁。一只狗蹲在家门口，很尽职地守着家。看到我们这群陌生人，狗兴奋地大呼小叫起来，寂静的村庄，一下子有了喧闹的感觉。

我们站在小河的石桥上，打眼四下望。桥下水浅，已看不出水的颜色，全被浮萍遮住。河边有几棵树，歪着长，很有些年纪的样子，倒是蓬勃出一汪生命的绿。树下杂草丛生。杂草丛中，一簇的胡萝卜花，开得恣意，上面蜂蝶忙碌。这是记忆里的村庄，熟悉，又陌生着。

有妇人经过，好奇问，做什么呢？我们答，来看麦子的呢。

哦，今年的麦子不好，她说。脸上的表情，也无风雨也无晴。

我们心里倒是一怔，赶忙跑下桥去看麦子。几块麦地里，麦子倒伏许多，像遭了劫。突然联想到前几日刮的那场大风，横扫天地的架势，麦子们如何能承载。

一老农跟过来，看我们倚着麦地做背景拍照。他慷慨地拔一把麦穗，让我们拿在手上，做拍照的道具用。他说，今年的麦粒也不饱呢。我们低头看，的确是，麦穗轻轻。有点忧心，村庄若是都不长麦子了，城里的面包从哪里来？

太阳打在一片麦子上，闪烁着金色的光芒。一阵风来，麦浪推着麦浪，向着不远处的田边去了。不远处，村人们的房子，像积木搭成的城堡，安静在五月的天空下。天上飘动着一朵朵白，一朵朵蓝，像从前。身旁的老农，弯腰把那把麦穗捡了，拿回去喂鸡。

我们回头，经过小桥。河边人家的那只狗，不再吠了。它蹲在家门口，眼光越过河边的杂草丛，安静且温柔地望着我们，一步一步走近。狗也是寂寞的，大概已把我们当做熟人了，眼睛里有了挽留的意思。

听　荷

去听荷吧，选一个月夜。月亮还不那么丰满，它还处在它的童年，像一瓣细小的白菊，飘在天上，朦胧着。这个时候，最好。

荷开得刚刚好，是满塘开着的。月色清浅，满塘的荷，是墨色染成的一朵朵，与田田的叶，融为一体。与青碧的水，融为一体。与整个整个的夜色，融为一体。天空与大地，从没这么亲密过吧，你是我，我也是你。

塘——城里少见了。这口塘因小城大面积搞绿化，策划者中不知是谁拥有一颗诗意的心，在绿化带中，给挖出来的。周围遍植垂柳，塘里养荷。离塘不远的是桃园。再过去一些，是梨园。接着是桂花园，腊梅园。这里便成了小城绝美的去处，春有桃花梨花，夏有荷花，秋有桂花，冬有腊梅，季季有花，日日有好。

盛夏里，塘里的荷自然唱了主角，在层层涌现叠起的绿中间，荷一朵一朵，悄然盛开，如一阕阕小令。哪里能瞒得住风的耳朵？十里八里之外，风都能听到荷轻轻绽放的声音。风跑过来，拂过一朵一朵的花，把荷的清香，撒得四下飞溅。人闻到，一个愣神，啊，荷花开了。平淡的日子里，陡添一重欢喜，看荷去吧。

其实，人不用闻香也知悉荷的讯息。花是从来不爽约的，什么季节该什么花出场，都是铁板钉钉的事。一入夏，人根本无须用眼睛看，无须用鼻子闻，就算准了塘里的荷开了。于是一拨一拨，奔着荷来。荷没有让人失望，满塘满塘地开着。人家院子里有缸，缸里种荷。那荷也是顶守时的，六月的风一吹，它就开始踮起脚尖，一点一点，从浓密的叶间，探出一张张粉脸，顾盼生姿。荷的主人与人闲话，总似不经意添上一句，我家的荷开了。也引了三朋四友，以赏荷的名义，来家里小酌几杯。俗世的庸常里，就有了几分小雅。

——这样的看荷，自是热闹的。而月夜听荷，则是另一番情趣。在塘边，随便挑一块草地，坐下。周遭静，纯粹的静。各种声息，浮游上来，像小花猫的脚尖，于午夜时分，轻轻踩过屋上的瓦片。那是露珠滑落的声音。草叶舒展的声音。风在轻喃的声音。虫在欢唱的声音。荷在绽放的声音。满塘墨色的荷的影，你映着我的，我映着你的。你想起古人写它，“水面清圆，一一风荷举”，又或是，“满塘素红碧，风起玉珠落”，哪里又能描尽它的丰姿？你想用千万个好来夸它，一时又无从说起。

荷在轻轻吐香，你甚至听到它们的心跳。开尽的正在话别，下一场花开再相见。含苞的“啪”一声怒放，花蕊间，盛满想念。待到白天，晴空暖日，人看到一塘的荷，仿佛从未曾少过哪一朵，谁知它们，早已在暗夜里完成了交接。

心中突然涌起感动，满满的。掉头看身边那个人，夜色里看不清他的样子，可是，他的呼吸就在耳边。岁月里还要什么山盟与海誓？能陪你来听这场荷，已经足够了。你伸手握他的手，什么话也不用说。懂的，都懂的。

远远的灯光，辉煌得像满天星斗，那里，有家。这里，荷与月色尽享安宁，仿佛尘世尽头。而我们，终归要回到那热闹中去，内心却泊着一汪恬淡的水，有墨色的荷，在暗暗喷着香。以后的日子，即便走过了千万重山水，也一定记得这样一个月夜，我们一起来听荷。

自是花中第一流

这几天晚上，我颇喜欢到一条路边去坐坐。

也是偶然的发现，某天，打那儿过，鼻子里送进来一缕香，浓甜的，缠绵不绝。我知道，是桂花。心里一阵欢喜，每年桂花的盛开，总是鼻子先知道。

我装着这样的欢喜回家。一到晚上，想散步了，脚步不由自主往那条路奔去，我要去相会桂花。

白天的桂花，自然也是香的。但我觉得，有黑夜做底子，那香气，才会格外纯粹，是白天的芜杂所不能比肩的。就像现在，路两边静了，秋虫在哪里的草丛里唧唧，叫得轻柔又温软。绿化带里栽着的树木们，这个时候，不分你高我低了，它们浑然一体，都是一团暗墨的影，亲热的一家子。星稀月朗，黛青色的天幕，辽阔窅茫，好像是为了呼应这样的宁静。桂花们开始轮番登台。我可以想象到它们的样子，一个个撑着金黄的小伞，踮着小脚尖，鼓着小嘴，使劲地吹着香。或是，挥舞着金黄的衣袖，撒下一片又一片的香。远处人家的房子、灯光，近处的路，路上偶尔走过的行人，还有路旁的花草树木们，都沉没下去，迷醉了一般。桂花的香气浮上来，像水漫过来，天地之间，只剩它的香在游走。

张开嘴，轻轻咬上一口，那香，仿佛就钻进嘴里了。这个时候的空气像米糕，濡软的。又像酒，香醇的。桂花是酿酒的第一高手。想起李清照写的桂花：“何须浅碧轻红色，自是花中第一流。”莞尔。想来她是极爱桂花的，比别的花要甚。我

不独独爱桂花，也爱荷花、菊花、梅花、兰花等等。这世上，总有些好花，让人一见欢喜。如同这世上总有些好人，在支撑着这个世界的美好，让人心念转动，眼睛濡湿。

大自然让人恋恋的，是有这些好花在。人世间让人恋恋的，是有那些好人在。

就这样坐着，一个人，坐到双肩渐湿，夜露降了。露蘸着桂花的香桂花的甜，露便也是香的便也是甜的。那么，我是扛着一肩的香和甜了。这么想着，我又笑了。也不知是哪里栽着的桂花树，我不去找，那根本不关紧，我只要闻着它的香。我来，它在。我不来，它也在，这就很好了。年轻时做过那样的傻事，喜欢的花，总想办法连枝剪下，插到家里的花瓶里，独自欣赏，以为那是爱它。等走过青春的浮躁、虚荣和执拗，岁月慢慢沉淀下来，渐渐明白了，占有未必就是拥有。有时，还不如放手，让它归于自然，各有各的路好走。

突然想起看过的一款美食，叫法直白得很，叫桂花藕粉羹。白瓷碗装着，琥珀色的藕粉羹之上，点缀着一小撮金黄的桂花。乍见之下，欢喜得很，金黄配了琥珀色，真是极尽温婉，想着入口一定极香甜柔滑，暖心又暖胃。很想尝试一下了。在这个星稀月朗的晚上，做上一碗桂花藕粉羹，慢慢喝下，当是件十分幸福的事。

合 欢

六月天，我去山东高唐，随一行人到当地景点“柴府”小游。小径之上，忽与一树花撞上，绿叶蓬勃间，有粉色羽毛攒成的小扇子，轻歌曼舞——那是一团一团的花。红得浅浅的，却又艳得很。我问身边同行的作家原野：“知这是什么花么？”原野抬头，认真打量，眼神里露出孩童的好奇，问：“什么花？”我笑了，告诉他：“合欢啊。”

这么说时，我的心里欢喜得很。说它，就像在说一个熟稔的知己，是恨不得全世界都要知道它的。

“认识”它，好些年了罢。那时，还年少，突然在一篇文章里与它相遇。彼时，它正开在一幅被面上，大团的花好月圆。作者只浅浅带过，说待嫁女子，盖一床大红被子，上面绣着大朵的合欢。在我，便如被石化般的发了痴。合欢，合欢，多么的欢快和乐！是小女孩笑露出一排洁白的牙，被父母呵护在怀里；是小羊羔蹒跚着走路，阳光梳理着它的毛发，闪闪发光；是俗世的屋檐下，一家人团团围坐，桌上的菜肴，冒出香香的热气。——我

世上最遥远的距离，就是我一直守在你的跟前，而你却不知道。

花心当如人心，只要心中有晴天，便日日晴着。

展开无数的想象，想它是纯白的，丰美的，如莲，或如百合。

后来，再长大些，读到纳兰性德的“不见合欢花，空倚相思树”之句，又发了一回呆。仿佛瞭见满树的合欢，被风簌簌吹落。人再见，已是空留满枝绿痕，徒增忧伤。——它原是染了相思的。

这之后，我也只在别人的文字里，偶尔一瞥它的影子，大抵都是盛放喜悦的。我就那么看着，跟着喜悦一下，以为它隔得远远的，是属于遥远的他方的，我再不曾想过它的样子。

就这么过去了很多年，我也早走过青春年少。一天，我在我如今居住的城，偶然看到一树的花，像用粉色的绒毛织出来的，红晕轻点，秀气得让人心里也长出绒毛来。我在树下傻掉了，我确信我之前从没见过它。遍寻许多人，都摇头说不知它是什么花。最后，我拍了照，上网求证，立即有人在后面留言，轻浅的两个字：合欢。

那一刻，我只听到心“咚”的一下，疼疼地弹跳起来。青春年少的那匹马，“哒”“哒”“哒”走过我那么多寂静的岁月。原来，它就是合欢。原来，它就是！ 我想起一句话来，世上最遥远的距离，就是我一直守在你的跟前，而你却不知道。

再见它，就寻常着了，城里几乎处处都有它的影子，从六月天，能开到八九月。傻傻地开，珍惜着开，绿叶相衬，花像一朵一朵粉红的云，浮在叶上面。凑近了闻，隐约的香，香得内敛而节制。

有时树下走着人。有时只有清风拂过。花只管开着，开着，总是无限欢喜的样子。每回见到，我都有欲落泪的冲动。我想，花心当如人心，只要心中有晴天，便日日晴着。

花池里的扁豆

一颗扁豆种子，像一枚小纽扣，亦像一只小眼睛。婆婆把它托在掌心，问我："能不能种在门口的花池里？"

花池也小，院门一侧，砌了一个，花盆般大，里面已被美人蕉占了天地，哪里有供扁豆生长的空间？婆婆说："扁豆只要一点点地方，就可以长出来的。"

——那么，好吧，种下，种下。

其实，并没指望它能生根发芽，更没指望它能蓬勃起来，开花结果。城里的空间如此局限，哪里有它舒展的余地。然而，它却生根了，发芽了，抽茎了，长叶了。起初，也只那么小小的绿，羞怯怯地，从肥硕的美人蕉下面探出头来。眼尖的邻居看见了，稀奇地叫："这不是扁豆吗？"

当然是扁豆。

"咦，你家还在花池里长扁豆，长了做什么呢？这一丁点儿地方，怕是长不起来的。"平时话语并不多的邻居，因这花池里的扁豆，驻足流连在我家院门口，说了一连串的话。

我笑着回："长着玩的，当花草养呢。"我的脑中蹦出郑板桥那句极有画意的诗句："满架秋风扁豆花。"我想象着，不久的将来，我将是满墙秋风扁豆花的。

也只是如此想象着，并不当真。它是那么纤弱，并无充足的养料供着，要爬满墙头，当是做梦吧。倒是眼瞅着美人蕉开花了，一朵接一朵，红红黄黄。吐出一朵，再来一朵，吐不尽似的。像小时看魔术师表演，不知那魔术师藏了多少红的黄的绸带，扯出一根来，再扯出一根来，手上都红红黄黄一堆儿了，他那里仍在扯不尽地扯着。

扁豆呢？扁豆淡定得多了。时光里，它不紧不慢地迈着小碎步，藤蔓一点一点牵出来，叶子一片一片冒出来。看似漫不经心，实际上，人家却是处处存了心的。它先是不声不响地占下花池，把美人蕉挤到一隅。这还不够，它还爬上院墙，一直爬到再无高处可攀，便又顺了墙体，爬进院子里。绿，一路绿着。我从院门口走过，它的藤蔓垂下来，碰着我的头。

花开。一串，一串，紫的，镶着白色的边儿，微微昂着小脸蛋，对着清风朗日。每一小朵，都像一个浅浅的笑，好看得很。

蝴蝶来了。一只斑斓的大蝴蝶。很显然，它是冲着这蓬扁豆来的。它绕着扁豆飞，一会儿停在这朵花上面，一会停在那朵花上面，奢侈得不行。我站定在一旁，微笑着看，我当它是上天送我的礼物。我想到一个人，一个女人，她因患侏儒症，从小受尽冷眼与嘲讽，书也只读到小学。父母曾为她的出路愁断肠，半夜三更坐床上苦叹："这丫头怎么好呢？肩不能担担，手不能提篮。”她却不言不语，暗下里学会了缝纫，专做童装。她做的童装，比商场里卖的还好看。后来，她在老街上，开了一家裁缝店，名声慢慢做大了，不少人慕名带了孩子，走上很远的路，去找她做衣裳。

亦相遇到喜欢的人，那人人高马大，竟不嫌弃她的矮小，心甘情愿给她打下手，独飞的鸟儿成了双。不久，她生下个漂亮的女儿，日子过得幸福美满。

这世上，总有些奇迹会发生，譬如，一颗扁豆种子的心中，蕴含的倔强。譬如，一个女人的柔弱里，迸发的力量。

听　蛙

这两天，颇能听到几声蛙鸣，在夜晚。

一开始，我以为听错。蛙声在乡下不足为奇，乡下的夏夜，没有蛙叫，那还叫夏夜么！那简直就像沙漠里没有沙子，北冰洋里没有冰山。

乡下的夏，是因蛙们而丰富丰满的。天边夕照的绯红，才刚刚收去尾梢。虾青色的夜幕，才刚刚拉开一丝缝，蛙们已等不及了。它们彩排了一天了，这个时候，争先恐后地登台，鼓足了劲，亮开嗓门，一曲又一曲的大合唱，便响彻四野。

乡人们习以为常了，任蛙们的歌声再嘹亮，他们愣是一点小小的惊诧也没有。他们在蛙声中晚饭，洗漱，纳凉，睡眠。稻田里的水稻，催开了一团又一团细粉的花，于夜风中播着清香。还有棉花。还有玉米。还有黄豆、南瓜、丝瓜和向日葵。还有厨房门口那一大蓬紫茉莉。哪一样没有被蛙们的歌声灌醉？开花的拼命开花，结果的拼命结果。露珠在蛙声中轻悄悄滑落。夜鸟偶尔一声轻啼，是做了一个溢满歌声的梦吧？天上密布着的星星，似乎变得更亮了。

夏夜的村庄，是交给蛙们的。

可这是在城里，城里哪来的蛙呢？我侧耳谛听，没错，是蛙叫。和乡下肆无忌惮的叫法不同，来到城里，蛙们到底有些拘谨了，完全是试探式的，呱，呱，一两声。停停，换换气，再来一两声，呱，呱。

刚下过一场雨，空气湿润凉爽。我去散步，拐过路边一个小公园。公园边上，长着说不清有多少棵的木芙蓉，密匝匝地绿着，开着薄绸子一样红艳艳的花。几只蛙就伏在花下面唱歌。

我走过一座桥，也听到了蛙鸣。桥建在供市民休闲的广场上，广场上有人工小河东西横贯，河边植有柳和木槿。河里面浮着睡莲七八朵，水草蔓生。一场雨，使得河水看上去很有些辽阔的样子。蛙们就蹲在睡莲之上，往来在水草之间，载歌载舞。

路边的植被中，蛙在唱歌。那是些冬青树和红叶李，还有些绿莹莹的三叶草。蛙在其中快乐地跳跃。

甚至，在人家的花坛里，也有蛙来造访，在那里引吭高歌。——城里，竟也是蛙声遍地了。这令我惊喜且惊奇，这些蛙是从哪里而来？

我想到了雨。

对，是刚刚下过的这场雨引诱来的。大雨喂饱了树。树说，留些雨水给花朵吧。花朵吃饱了，说，留些雨水给小草吧。小草吃饱了，说，留些雨水浇灌泥土吧。低洼处的雨水，汇聚到一起，亲密无间。一阵风过，竟也像小河一样的泛起波浪。

雨一定是蛙的情人。蛙奔着雨来了，跋涉再远的路，也

奔来了。树脚下，花朵间，小草的叶片儿上，低洼处的水里，哪里都有雨的影子，蛙一一找到，与它们会合。它激动地唱啊唱，说不完的情话一箩筐。

我很吝啬这几声蛙叫，久久站着，听。路过的人，亦有被蛙声牵住脚步的，他们停下，侧耳，脸上有惊喜浮现。——听，是青蛙在叫呢，一人说。明明是句多余的话，却博得大家一致的点头，微笑。生命是如此活泼喜悦，叫人如何不爱？

十　月

十月说来也就来了。

不过几日工夫，天空就像一把巨伞给撑开了似的，高远得很了。明净的蓝，蓝绸缎一样的，抖开来，滑溜溜的，一铺千万里。这时的天空，太像海洋了，稠稠的蓝，厚厚的蓝，纯粹的蓝，深不见底。不多的几丝云，像白菊花细长的花瓣，浮在水面上。

人在十月的天空下走，忽然有种手足无措的感觉。像在骤然间，被谁拽进一间豪华的宴厅。宴厅里，多的是衣香鬓影，美酒金樽。灯光闪耀辉煌，丰盛的菜肴，摆满了桌子。水果成堆，柿子、橘、大枣、石榴、香橙，只只都是饱满欢实的。菱角老得很劲道了，采摘下来，用刀切开，里面全是粉嘟嘟的肉。剥了它，用瓦罐煨鸡，是再好不过的一道美味。

这个时候，大把大把的颜色，渐渐让位于金色。好像之前一个春天的草长莺飞，一个夏天的荷红柳绿，全都是为它做铺垫。你眼中所见到的，是夺目的金，奢华的金，古朴的金。人常用金秋来说十月，真是再妥帖不过了。十月，真的就是金做的呢。

尤其是乡下。

驱车去乡下吧，那里的每一枝稻穗，都是金色的。稻穗们你挤我挨，站满一田，再一田，稻浪翻滚，是一地一地的金子在滚哪。老农站在稻田边，脸上是小有成就的自得之色。他望向稻田的眼神，很像望向一群儿女。哪一棵水稻，不是他一手带大的？彼时彼刻，他的心，是舒坦的，愉悦的。稻穗映得他满头满身，都是金色，他是闪闪发光的一个人。

河边的芦苇，也快变成金的了，从茎到叶，再到花。而茅草整个地柔软起来。一堆儿茅草挤在一起，像极小黄狗身上的毛，泛着金色的温暖。如果你躺上去，做上一个梦，当也是金色的罢。

雪白的棉花，上面也好像敷了一层金粉，越发的显得白。那是阳光洒下的。那是风洒下的。

十月的风，已开始带了哨音，吹在身上，薄凉。夜晚在路边亭子里闲坐，露水调皮地溜进来，歇在发上、肩上、膝上，裸露的手臂，有了冰凉之感，必须加件厚外套才行。回家查日历得知，快寒露了。寒露过后，就是霜降。秋已走到深深处。

栾树的果却继续红着。我去一家小超市买盐，出门，被门

口一树一树的红，差点惊了个趔趄。它简直红得有些吓人，一颗一颗，心一样的，抱成一团，燃烧起来，从树上，一直燃烧到地上。满地落红！却不让人感伤，只觉得美，美到极致！去日无多，它似乎紧着这最后时光，疯狂一把。它当懂得，华丽丽转身，远胜过颓败萧索，那会更让人记挂和念想。

桂花已经爱到不能自已了，只管把一颗心也碾碎，制成蜜栈。香，香透了。拿去吧，你尽管拿去吧。更深露重，天地却因这香，显得情意绵长。怎忍匆匆离去？坐会儿，再坐会儿，在这桂香里低回浅笑，白天的那些追逐忙乱，都变得无足轻重了。

菊花开满头。最喜欢这时候上街，不定就能相遇到一拖车的菊花。金黄的居多。泥盆子装着，欢笑喜悦。卖花的基本上是老人，瘦，但精神着。我以为，人老了，心思单纯且静，最配与花待在一起。

我总会带回一两盆。书房里搁着，让它们轻歌曼舞，暗自吐香。夜凉如水，却有花这么开着，真是好啊。

红沙满桂香

这时节，总免不了要对桂花絮叨几句。

它是那么顽皮，又是那么莽撞，如装着满肚子好奇的稚气小童，跌跌绊绊地奔着、跑着，总是趁人不注意，偷袭于人，扰了人的心思。人在花香里愣神。也仅仅是稍一愣神，立即明了，哦，是桂花开了。

香，是它特有的香。无论是在烟雨朦胧的江南，还是在苍翠笼罩的秦岭，那香，是不改一丁点的。万千花木之中，你只要轻轻一嗅鼻子，就能轻易地辨认出它来。像熟悉得不能再熟悉的人，纵使久别，你也能在纷繁芜杂中，循着它的气息而去。

嗅，使劲嗅，——是恨不得拖住身边走过的每一个人，让他们也闻闻这桂花香的。终有人觉着了不寻常，前行的脚步慢下来，左右巡视，脸上有笑意浮起，似自语，又似对你说：“桂花开了呢。”

你回他一个笑。陌生的相逢，有时会因这点点花香，濡了心，在一瞬间达成默契。说什么都是多余的，那么，就笑笑吧，都懂的。

这时的桂花，也还是试探式的，枝头上爆出三五朵，像偷跑出门来的孩子，藏了香，这里洒一点儿，那里洒一点儿，它却躲在一边偷偷笑，就看众人的反应了。等大家终于觉悟起来，四处寻觅，欢喜地说："啊，是桂花啊。"它便再也按捺不住，飞跑出来，就差大着声叫了："对啊对啊，是我啊，我在这里啊！"一树的花朵，都被它唤醒了。大伙儿争先恐后提着香出来，到处泼，于是乎，角角落落，便都是它的香了。

这之后的大半个秋天，你总能不期然地遇到它。是在露水暗落的晚上，你走着走着，就被浓烈的香牵了脚步。你停下来，任花香围绕着你跳舞。忍不住想，露水用它调制成酒，给谁饮呢？是给秋虫吧。草丛里，秋虫们叫声缠绵，是喝醉了；是给秋风吧。秋风走得东倒西歪，吹起的每一缕里，都喷着香，是喝醉了；是给秋月吧。秋月眯着眼，脸上起了红晕，是喝醉了。你也仿佛醉了，一个晚上，你都异常高兴，看见谁都傻笑，性情温和得不得了。

也在微雨中，会碰到它。这个时候，它化作滴滴香雨，落在你的眉上、发上、肩上，落在你的心里。你静静立着，感受着这份静美。多少年了，生命中走失过多少的人和事，再不相见。唯它，年年如期而至，从不背弃，亦不爽约。你很感动，生命中终有赤诚可信。

朋友心情不好，婚姻遇阻，像一道过不去的坎。你约她出来，于夜色中漫步。也不多说什么，有时，默默地陪伴，便是最好的慰藉。你们绕着街心公园一遍一遍走，突然，步子就乱了，是桂花的香惹乱的。你们上上下下一顿好找，却发现，它就在身边，那些做成矮墙的绿树，原来是被修剪过的桂花树，上面密布着小黄米似的花朵。

你摘一些碎花放朋友掌心，任她握着。回到家后，你接到朋友的电话，她说，手上全是香呢。我会好好的，你放心。

你笑了。你自然放心了，有这样的好香可闻，当是不会轻易浪费生命。突然想起李贺的《大堤曲》来，开首就染着浓郁的桂花香："妾家住横塘，红沙满桂香。"你实在被诗里女子的俏皮逗乐了，又是顶羡慕她的，多好啊，青春妙龄，明眸皓齿，怀着爱的情意，伫立在秋风中，一袭红衣，满袖都拢着桂花香。

一雨成秋

晨起，有雨。穿着短袖嫌凉了，我折回屋，翻出一件开衫套着。

邻人相遇，脸上有喜容，站定雨中，报喜似的笑着说，下雨了呢，天凉了。

是啊，下雨了，天凉了。

这个夏天，真叫难挨，天地间像着了火，从南燃到北，一路燃过去。人们每日里望着天上的大太阳，发愁着，不知这样的炎热，什么时候才能过去，对秋的渴盼，比哪一年都来得强烈。

秋终于跟着这场雨来了。与夏日的凌厉和咄咄逼人不同，这时的雨，多了温柔意。它不紧不慢，不慌不忙，像绣娘在绣花，以天地为布，横几行，竖几行，行行复行行，密密的。秋的模样，便在“绣布”上逐渐显现——

苞谷熟了。稻子黄了。红薯该挖了。葵花籽该收了。枣树上的枣，红得像女孩的唇。石榴树上的石榴，跟一群胖娃娃似的，咧开了嘴在傻乐着。柿子树最入景了，一树一树的柿子，像镶

这世上，总有些好，让你无由地喜欢。它在那里，它就在那里。

因了它，简单的日子变得充实，也变得让人有了念想和留恋。

着无数的红宝石，令人驻足了又驻足。

楼下人家长的那架扁豆，一个夏天只顾长藤长叶，偶尔冒出几朵花来，也是开得漫不经心的。这样的一场雨后，它忽然开了窍，懂了事，扬起理想的帆，花一嘟噜一嘟噜地开，荚一嘟噜一嘟噜地结。从前的好时光都轻慢了，它要好好把握住当下。于是乎，人乐了，天天可以摘扁豆吃。母亲说，用芋头烧扁豆，比烧肉还好吃。母亲在老家屋后长了一大片芋头，绿叶蓬勃，碧波荡漾。那些芋头，有一大半将被输送到我这里，一日一日，香暖我的胃。

这个时候，一些叶子也开始好看起来。譬如银杏树的叶。它们一点一点染黄，远观去，黄花朵一样的。满树缀着这样的黄花朵，灿烂了半边天，你只能用惊艳来形容它们了。梧桐树的叶，则像怀旧的纸张，焦黄焦黄的，适合在上面写相思。有人开始计划着要去看枫叶了。“小枫一夜偷天酒，却情孤松掩醉客”，诗人杨万里的比喻委实可爱，秋天的枫叶，可不就像少年偷喝了酒，纵情地醉上一醉。

栾树最大方了，它捧出一捧又一捧鲜艳的果，与天地共享。我从汉中平原乘车一路过去，往秦岭深深处去，路边飞掠过一些树，满满地擎着一簇一簇的红，艳透，于满目的苍翠之中，实在突兀极了。心想着，什么花，这么张扬！趁着车速减慢，我盯着细看，突然惊觉，那是栾树啊。也只有它有这等本事，把果实整得比鲜花还艳丽。

紫薇开得更是热闹，有点人生得意须尽欢的意思。它攒着无数桶的红粉蓝紫，这个枝头刷上几刷子，那个枝头刷上几刷子，快乐得不成样子。像心无芥蒂的小姑娘，你待她好，她开心。你不待她好，她仍是开心。她的灿烂，与你无关。我所在的校园里长着几棵这样的紫薇，我去教室给学生上课时，看见，笑一下。下课时回头，还看见，再笑一下。心头漫过一片粉。

这世上，总有些好，让你无由地喜欢。它在那里，它就在那里。因了它，简单的日子变得充实，也变得让人有了念想和留恋。

秋未央

秋来了，谁先知道？是乡下的稻谷。是果园里的果树。是河畔的苇和蒲。是屋旁的银杏。我在阳台上晾衣裳，稍一探头，就与那棵银杏打了个照面，满树的叶虽还青绿着，但脉络间已描上秋的金黄的影。

秋未央。这个时候季节的丰盈，无可比拟。所有的果实都开始丰满，连雨水也是，风也是。还有白天的云彩，晚上的月亮和星星，无一不是丰衣足食的好模样。我以为，一年最好的时光不是春归处，而是橙黄橘绿时。

人很有口福了。桃不喜吃了，就吃梨。梨不喜吃了，就吃葡萄。葡萄不喜吃了，就吃苹果。瓜果们排着队，等着采摘的手来垂爱，每一只都是饱满的，浑圆的，裹着香，藏着甜。人爱用“瓜果飘香”来形容这个季节的好，这真是再贴切不过，光念念，就唇齿绕香。

狗尾巴草站在路旁傻笑，缀满全身的籽再也撑不住，“噗”一声，掉下几粒来。来年，它的脚下必是一地繁茂，它踌躇满志意气风发。想想吧，谁有它足迹宽广儿孙满堂？凡是有泥土的地方，都能见到它。它在屋角下的一只破瓦盆里。它在人家屋顶上的瓦楞间。它在高高的纳木错湖畔。它在巍峨的泰山脚下。这世上，没有它到不了的地方。古人赞，野火烧不尽，春风吹又生。那里面，断断少不了它。

这个时候，一定还有很多种子，悄悄躲入地里，埋下来年的希望和葱茏。像风潜入池塘。像雾霭潜入黑夜。春天里一页花红，一页柳绿，再一页草长莺飞，哪一页不是它早就描摹出的模样？

花已开到深深处。菊是不消说的，浓妆艳抹，华丽殷实。学校教学楼旁的凌霄花，攀在一棵树上，登高望远，举着一蓬的橘红，恨不得把花一朵一朵插到云里去。紫薇开得有些急不可耐。你要它一朵一朵地轻濡慢染？不，不，那太慢了。它干脆提了颜料桶，这里浇上一勺，那里泼上一瓢，于是乎，这里一大团粉红，那里一大团蓝紫，再来一大团象牙白。簇簇的，惊心动魄。

木槿则开得比较文静，不疾不徐。我上班的路上，经过一条河，河边植有两株木槿。我从那里来来去去无数趟，见到的都是满枝的绿叶中间，静静立着几朵粉紫的花，骨骼清秀，天荒地老的样子。我查过资料，知这种花朝开暮落，今日眼中所见之花，已非昨日之花。但它却有层出不穷的本事，这朵息了，那朵接着开，从六七月的盛夏，一直开到秋深。《诗经》里有“颜如舜华”之句，把一女子比作木槿。我想，好女子当如木槿吧，不单相貌俊美，而且遇事能够温柔地坚持。

电话响，接起，那头劈头盖脸就问，你们说过要到我家来吃石榴的，什么时候来啊？

怔怔半晌，方想起那头是谁。还是春天的时候，和几个朋友去乡下采风，进一户农家，院子里有石榴树，红灯笼似的小花朵，挂满枝枝丫丫。我们几个兴奋地围着拍照，末了，跟那家的女主人说，等石榴熟了，我们来吃。女主人相当高兴，记下我的手机号，说，到时你们一定要来啊。

我早已把这个约定忘记，她却郑重地记着，隔了百十里的路，给我打来电话，说，入秋了，我家院子里的石榴红了。

为这一句，我感动得半天无言。你对我说过的话，我都记着。我对你说过的话，也望你能记着。不相忘，便是人世间最深的情，最真的好。

欢　颜

欢颜是个好词。

我把它理解为，欢天喜地的颜色。既饱满，又绚丽。那应是千万种颜色中最出挑的。是红日初出的天空。是烟花燃起的刹那。是蜂飞蝶绕的春天。是从心底溢出的美和欢喜。是纯。是真。是坦荡。

谁最欢颜?

——是孩子。邻家小孩，两三岁，粉妆玉雕。每日里见他，总是兴高采烈的。望见陌生人走过，他笑。望见风吹起地上的一片纸屑，他笑。望见小猫跳上砖堆，他笑。望见小鸟飞过窗台，他笑。望见我们给一盆葱浇水，他笑。随便掐一根狗尾巴草给他，他拿手上，高高兴兴地端详半天。

每个小孩，原都是童话，欢颜倾城，晶莹剔透。

如自然之中的那些生命。

你见过一朵花哭泣吗?

——没有的。无论贵为牡丹，还是贱如野草的一年蓬，或是蒲公英，一朝盛开，便都托着一张笑脸，极尽欢颜。

有一年暮春，我追去洛阳看牡丹。花期已过，叶叶弥漫，偌大的牡丹园看过去，都是花开过后的岑静。然而，就在我转身要走之际，眼睛无意中一瞥，瞥见浓密的叶间，一朵艳粉悄然，——竟是晚开的牡丹！千顷碧绿之间，就那么一枝，明丽着，不因落了单，少开一点点，而是尽力地，抖开它绸缎一样的花瓣，朝着光亮，笑着，笑着。它知道，总有目光为它停留。

也在异乡的山沟沟，相遇到一株蒲公英。山上的野花多如繁星，本不足为奇。可那株蒲公英，独独开放在一块飞起的岩石上。岩石只有一点儿连着山体，大半个身子悬在半空中，让人看着，又惊心又孤寂。蒲公英却不管，它兀自扎根于岩石的缝隙间，热闹地开放，顶着一张粉黄的小脸，对着清风，笑吟吟。

你见过一棵树哭泣吗？

——也没有的。无论大树，还是小树，总是在能绿的时候，拼命地绿。能开花的时候，拼命开花。老家有棵银杏，某年突遭雷劈，一劈两半，枝干燃烧殆尽。然来年一场春雨，它的根部又冒出新绿。再过些年，它已长成一棵蓬勃的大树，绿意婆娑，昂昂然立于蓝天下。只要能站着，树绝不会倒下，它总是努力地向上，向上，再向上，笑模笑样的。鸟在上面做窝，风在上面歇息。人常说顶天立地。我以为，树也当得了这句夸。

也没有见过一条河流哭泣。风来，河水汤汤，满河全是笑的纹。山涧的小溪更是会闹，一路丁丁冬冬，丁丁冬冬，欢声笑语，人隔着一个山头都能听见。蓝天白云全装在它心里啊，山青花红全装在它心里啊，它没有一刻不欢颜。

也没见过一只鸟哭泣。每日里，我的院子里总有小鸟来造访。有时小麻雀。有时白头翁。有时野鹦鹉。一律顶着可爱的小脑袋，蹦蹦跳跳，好奇地四下张望。唧唧，啾啾，仿佛蓄着一肚子的乐。

小院里栽有茉莉，栽有海棠。花开时节，蝴蝶飞来翩翩。我常不由自主地踱去窗口看，看着看着，就笑出声来。我想起一句话，你若盛开，蝴蝶自来。真是喜欢。

花间小令

四季海棠

我站在邻居家的院门前，看花。

那里长一蓬我不认识的花。满铺的小圆叶之上，碎碎的花瓣，抱成一团，朵朵红艳，实在好看。

邻居说，这是四季海棠啊。

你要吗？她热情地相问。我尚未答话，她已弯腰，“咔嚓”一下，掰下一枝来，——我都替它疼了。

邻居说，只要插到土里，它就能活。

依言插到土里。不几日，这一枝四季海棠，竟变成了一大棵，生出无数的枝枝丫丫来。又过些日子，一棵变成了很繁茂的一簇，把整个花池都撑满了。

它开始安安心心地开花。也不急，一次只开一两朵，一瓣一瓣，慢慢开，总要等到五六天后，一朵花才全部开好，每瓣都红透了。看着它，我总觉得它像极会过日子的小主妇，节俭简朴，细水长流。

有时，我一连好些天忘了看它，再去看时，它还是那副气定神闲的样子，不紧不慢地开着它的花，一捧的肥绿，托着两三团艳红。时光在它那里，仿佛泊在老照片里的一缕月色，静谧而悠长。

霜降过几回，都有冰冻了。耐寒的菊们，也萎了精神。它却仍枝叶饱满，花开灼灼。路过的人会惊奇地说一声，瞧这海棠！肃杀清冷的日子，变得不那么难挨了。

油菜花

我们该为一些花鼓掌。

譬如，油菜花。

春天，我把吃剩的半棵油菜，随手丢在水碗里，想不到它竟在水碗里兀自生长起来，碧绿蓬勃，欢欣鼓舞。

我觉得有趣，搬它至窗台，那里，春风几缕，日日眷顾。三五日后，它撑出一撮一撮的花苞苞，精神抖擞着。再一日，我早起，看到的竟是一碗的黄灿灿，——我水碗里的油菜花，已在不知不觉中，悄悄绽放了。

那是怎样的一种盛放啊，如井喷如泉涌，不管不顾，酣畅淋漓，是把整个心都捧出来的一场燃烧。虽远离原野，可它却一点也不沮丧，不气馁，拿水碗当舞台，一招一式都丝毫不马虎，瓣瓣染金，朵朵溢彩。

我在屋里转一圈，就又凑到它的跟前去了。什么时候见它，它都是一副热心肠，捧出所有的金黄，是恨不得为你粉身碎骨的。所有的油菜花，原都是女中豪杰。

我很想向一朵油菜花学习，纯粹而热烈地活上一回，不辜负春风，不辜负自己。

葱兰

葱兰这名字叫得好，又像葱又像兰。叶是葱绿，花是素白，墙角边蹲着，一排。或在花坛边立着，一圈。不吵不闹，安静恬淡，如乖巧的小女儿。

起初谁会注意到它呢？野草一般的，相貌实在平平。

我去收发室取信，路过图书楼，阴山背后就长了这么一棵棵。日日晴天，它却分享不到一点阳光，但它好像并不在意，照旧欢欢喜喜地生长着，绿莹莹的，如葱如韭。

后来的一天，花开了，小小的白，小白蛾似的，层出不穷地冒出来。在人的心上，扇动起讶异和温柔来，哦，它真是美！屋后的阴影，被它映照得一派明媚。

我摘一朵，带给收发室的大姐。大姐驼背，身体变形得厉害，据说是年少时一场病落下的。换作别人，早就自卑得不行，可她却活泼开朗，喜欢穿鲜艳的衣裳，喜欢摆弄头发，发型常换。每回见她，都是快快乐乐的，让你再灰暗的心，也跟着明快起来。

大姐把我送的花，很爱惜地用水杯养着。隔日再去，我人还未到近前，她就高兴地告诉我，你送的花还在开呀。去看，果真的，一小朵的白，在水杯里，盛放着，丝毫不减它的秀美。

它还有个别称叫韭菜莲，韭菜一样碧绿青翠，莲一样不蔓不枝，清新脱俗。亦是很形象很贴切。

婆婆纳

每次看到婆婆纳，我总忍不住要笑，是会心一笑。像见到一个可爱的人。

不管它只身在哪里，我都能一眼认出它。在云南的玉龙雪山上，在辽宁的冰峪沟里，或是在我的花盆中。花盆里一株杜鹃开得灼灼，它趴在杜鹃根旁，探着小小的脑袋，蓝粉的小脸，笑嘻嘻的。被杜鹃遮着挡着，亦不觉得委屈。

乡下广袤的田野里，沟边渠旁，到处有它。同属野草类，蒲公英和野蒿，长得又高挑又张扬，在风里招摇。它却内敛得很，趴在一丛茅草中，或是一棵桑树下，守着身下一片土，慢悠悠地，吐出一小片一小片的蓝，如锦，美得一点也不含糊。

我总要在它的名字上怔上一怔。婆婆纳，婆婆纳，是细眉细眼的小媳妇，孝顺，贤惠，一入婆家，就被婆婆喜着疼着。没有华衣美服，没有玉食金馔，也没有姣好容貌，却心灵手巧，踏踏实实，把一段简朴的小家日子，过得红红火火，活色生香。

这世上，多的是平凡人生，只要用心去过，一样可以花开如锦。

木槿

最初读《诗经》，我曾被“有女同车，颜如舜华”之句惊艳。这里的“舜华”，指的是木槿花。如木槿花一样的女子，该是何等美好。

木槿，乡下人不当花，是当篱笆的，院边栽一排，任它在那里缠缠绕绕。它在五月里开始开花，一开就是大半年光景，朝开暮落，白白紫紫，讨喜的小女孩般的，巧笑倩兮，一派天真。现在想想，那时的乡下小院，虽贫瘠着，然有木槿护着，又是多么奢侈华丽。

如今，城里多植木槿，路边，河旁，常能遇见。满目的深绿浅绿中，三五朵紫红，三五朵粉白，分外夺目，让遇见的心，会欢喜起来，哦，木槿呢！

乡下却少有它的踪迹了，喜欢木槿的老一辈人，已一个一个离去。乡下小姑娘来城里，不识路旁的木槿，我耐心地告诉她，这是木槿啊，以前乡下多着的。

这么说着，鼻子突然莫名地有些酸涩。时光变迁，多少的人非物也非，好在还有木槿在，年年盛放如许。

它又名无穷花。我喜欢这个名，生命无穷尽，坚韧美丽，生生不息。

银杏黄

一

终于等来了露白风清。

我身体内隐蔽的一种渴望，按捺不住就要跳出来。我显得无端的高兴，看见什么都想笑，一颗心变得那么柔软，想对整个世界温柔。

怎么能够不欢欣呢？我等它等了那么久，也就要去赴约了。它更像是我一个人的秘密，是大自然郑重地交给我的秘密。

这时节，大自然的面孔最是纷繁，一方面现出它的薄凉沧桑，一方面又端出它的丰饶美艳，你实在被它弄迷糊了。爱，还是不爱，有时真是个问题。

却不能不惊艳。比方说，你走着走着，突然逢到一地的菊花。大朵的，或是小朵的，哪一朵不是极尽欢颜，热情奔放得能把你燃烧了？你看着它，像被狐妖媚惑住，迈不了脚了，甘愿醉倒在温柔乡。

再比方说，你正在路边某个小亭子里小歇，鼻子里忽然塞满香甜，浓烈得你无力抵抗。你只能任由它牵着引着，一路寻到跟前去，细密的金黄的小花，多像害羞的小姑娘的眼。你明知道是它在调皮，在逗引，仍像发现新大陆似的，慨叹一声，哦，桂花开了哎。

三五文朋好友有空便相约，赏桂去吧。很有点古代文人的遗韵呢。有朋友会泡功夫茶，青花瓷的小杯，单单摆着，就叫人心动。更何况他说，要在山上的桂花树下，温上一壶。风吹桂花落，是不是也有几朵跳到青花瓷的小杯里？那样的景象，不能想，一想就痴了。

我要赴的，却是与一场叶子的约会。

二

我翻书，想找出一篇写它的，少。停车坐爱枫林晚，霜叶红于二月花——是写枫的。一重山，两重山，山远天高烟水寒，相思枫叶丹——还是写枫的。

它明明有着与枫同等的灿烂与火热，为什么就被忽略掉了？它真有点怀才不遇。

命运却又是仁慈的，同样赋予它空气、阳光、水，天空和大地。

我不知道它是不是也这么想的。每年再相见，它都很守约的扛着一树的黄，像扛着一树的黄花朵，神采奕奕。零星的，或成片的，一律都黄得透透的，每片叶子，都成了精。把周遭的空气，染得黄黄的。把半边天空，染得黄黄的。华丽着，高贵着。薄凉的风，因它，也有了暖意。

它的出色，也终于被人赏识，近一些年来，越来越多的城，在路边栽了它，当风景。

我去无锡，顺道去惠山赏枫，没想到，也与它相逢。它站在一堆火红的枫里面，好像刚刚梳洗完毕，浑身上下披挂一新，满头满身的艳黄跳跃出来，又活泼，又明媚，竟把枫给比下去了。

原来，它也在这里！我望了它笑，想对它说很多话，又觉得哪一句都是多余。

有新人来拍婚纱照。在满山的红里面，他们极聪慧的单单挑出它来，倚了一树的“黄花朵”，笑得恩爱甜蜜，地老天荒。

我退到边上，远远看，为它欣慰。它的身上，染上爱情色了。从此，它将穿行于凡俗的每一个日子，见证每一个烟火人生。

三

念及它，也总是要想到一个老人。

老人在上海。我只是在报纸上偶遇他，在一则新闻下面的图片里。

图片上，老人在绘蝶。他的手底下，聚集着彩色蝴蝶一只只，花团锦簇，姿态万千。

那原不过是些落叶——它的叶。老人一片一片捡起，用笔轻轻点染，就成就了它的另一场绚丽。

生命到底还有多少种活法？这永远是个未知数。正是这样的未知，才造就了生命的神秘与多彩，才有了敬畏、善待与向往。

亦收到一个女孩寄来的信。信里，女孩很用心地放了两枚它的叶。可能是放置时间久了，叶子变得又干燥又薄透，颜色却未曾褪去一点点，仍是最初的艳。我不想用金黄来说它，我以为俗了，它就是它的本色——我叫它，银杏黄。

女孩说，她最喜欢收藏银杏的叶子，每年，她都会捡拾很多，夹满书本。

女孩的身世，颇惹人怜惜。三岁那年，母亲离家出走，从此再没回过家。父亲因这样的打击，患了精神分裂症。小小的她，学会了照顾父亲，照顾自己。一路的艰辛，不与人说，人前欢笑，却在人后黯淡。一天，她偶与我的文字相遇，凉的心，一点一点被暖起来。她说，梅子姐，你的存在就是一道光，你温暖了我，我也会用这束光温暖身边的人。尽管是小小的力量。谢谢你，也谢谢我自己。我们都要好好的。

我把那两片银杏黄，粘到了我书房的墙上。我什么时候看过去，它们都像花瓣一样盛开着。又像蝴蝶一样的，张着翅膀，就要飞了。

温暖的苇花

芦苇的花，最不像花，像是用轻软的丝絮絮出来的。

出城，逢到有河的地方，有沟的地方，就能看到它。不是一棵一棵单独生长，要长，就是一片，一群。挤挤挨挨，勾肩搭背，亲亲密密。它是最讲团结精神的。这一点，比人强。人有时喜欢离群索居，喜欢特立独行。所以，人容易孤独，而芦苇不。

风吹，满天地的苇花，齐齐地，朝着一个方向致意。它让我想起"蒹葭苍苍，白露为霜"那样的诗句来，那是极具苍茫寥廓、极具凄冷迷离的景象。可是，我眼前的苇花不，一点也不，我看到的，是一团一团的温暖。冬阳下，它像极慈眉善目的老妇人的脸，人世迢迢，历尽沧桑，终归平淡与平静。

我一步一步下到河沿，攀了两枝最茂盛的苇花。一旁的农人经过，看我一眼，笑笑。走不远，复又回过头来看我一眼，笑笑。他一定好笑我的行为，采这个做什么呢！

我是要把它带回家的。家里有花瓶，靛青色的，上面拓印着

我看到的苇花，是一团一团的温暖。冬阳下，它像极慈眉善目的老妇人的脸，人世迢迢，历尽沧桑，终归平淡与平静。

一片一片肥硕的叶。这是我的一个学生，在江西读书，不远千里给我捎回来的。花瓶太大，没有花能配它。插两枝苇花进去，却刚刚好。苇花伸出长长的脖颈，在我的花瓶上方笑，绵软、温柔，一团和气。

来我家的人看到，惊奇一声，这不是芦苇吗！

当然是。寻常的物，换了一个环境，就显出不寻常来。有一句话讲，环境造就人。其实，环境也造就物的。

我的老父亲看到，却“吃吃”笑出声来。他说，丫头，亏你想得出。我知道父亲笑什么，老家遍地芦苇，没人拿它当宝贝的。

冬天，农闲。家家要做的事，就是去沟边河边割芦苇，运回家当柴火。一丛一丛的芦苇倒下，苇花受了惊吓，扑扑扑，四下飞散，飞絮满天。农人的头上身上，都沾满苇花。他们把它当尘一样的，随便拍拍，轻描淡写。弯腰，却在小鸟用苇花垒成的窝里，捡到几只还温热着的鸟蛋。他们很高兴地把鸟蛋揣进怀里，哪里顾得上半空中，鸟的凄凄鸣叫呢？他们的眼前，晃过家里几个孩子的小脸。请原谅，贫穷年代，那是孩子的美食。

我的祖母用苇花絮过枕头和尿垫。她称苇花叫茅花。那个时候，天冷得嘎嘎叫啊，我的手冻得咧了口子，还是一条沟一条沟去摘茅花，摘回来给你爸絮枕头，絮尿垫。茅花软乎乎的，我的儿子枕在上面睡在上面就不冷了。——祖母每说到这儿，就停下来，眼神里波光乍现。她想起她初为人母的幸福时光了，多遥远哪。而我，总会在她的话里，发好一会的呆。我转身，看着头发已渐灰白的父亲想，这么老的父亲，也是被他的母亲疼大的。人类之所以能够生生不息，就是因为这样的爱啊，年年复年年。如苇花。

也见过村人用苇花编毛窝的。这是一种草鞋，编出的毛窝，像毛茸茸的小船儿。天寒地冻的天，冻僵的双脚，伸进毛窝里，又轻软，又暖和。人被冻僵的神经，也一下子活络起来。贫穷年代，它默默无闻地，温暖了多少双脚啊！

现在，毛窝已很少见了。今年，我去一个山沟沟游玩，在一间供游人游览的旧作坊里，赫然见到毛窝。它们被染成五颜六色，一双一双串在一起，挂在墙上，成了艺术品。

在菊边

一

新搬进的房，可以接纳大捧的阳光。

阳台上有。房间里有。转一圈，看到吃饭的餐厅里，居然也有一束阳光，像朵花似的，绒绒的，开在我的餐桌上。那是后面人家的窗玻璃反射过来的。

我坐进书房里写字，阳光悄悄跟进来，趴在我的脚面上。像只听话的猫。它不言不语。我也不言不语。有时，心灵的懂得与相知，语言便成了多余。

我写一会字，看一下它。再写一会字，再看一下它。我觉得它笑了，我便也笑了。

我很享受这种寂然的欢喜。

二

去看最深的秋。再不看，又得等一年了。人生经得起几番秋去秋来？所以，不等。

穿一件新买的红格子外套。很乡村的味道。这种味道，最适合我。不饰不装，如庄稼。

好吧，来世，就让我做一棵庄稼吧，小麦，或是水稻。我将在黑色的泥土里，由一粒小小的种子，成长为丰收的金黄。

这样的生命，真的很丰富。

秋在那里。

在滩涂上。在林子里。

万亩银杏，寂然在风里。

一树一树累累的果，像镶了一树金黄的珠子。谁知道它内里的香软？

没人采摘，任由那些果实一径落下。地上果实和落叶，缠绵在一起。生生世世的样子。

我倚着银杏树拍照。每一棵银杏树，都是看客。我试图端出我最美的样子，给它看。我笑得真心实意。我笑得欢畅开怀。我笑得无忧无虑。

风有些大，却不感到冷。怎么会冷呢？这么多银杏树，等我在这里啊。我从这棵，跑向那棵，再跑向另一棵，再再另一棵。我们相视，没有一句话。

要语言做什么呢？有这颗滚烫的心，就够了。

我捡拾了很多的银杏果。吾乡人又称它白果的。我觉得白果这叫法好，白白的果子，又直白又形象。它内里的核晒干了，的确白净得很。从前我奶奶形容小脸的女孩长得好看，她总会这么说，哎呀，那孩子生得多好，长了一张白果脸呀。

现在，把它用水泡软，去外皮，用纸包上，放微波炉里转上一两分钟，便是香软的小吃食了。

我提着一袋的银杏果，像提着这个秋天最华美的馈赠。我要一天吃上几颗。从今往后，我的每一个日子，都将是香软的了。

三

怎么也没想到会遇到那些菊。那真是意外的惊喜。

我只是偶然路过。

菊开在林子里，开在一棵一棵的白杨下面。

不是一朵。不是两朵。不是三朵。而是一地，一地，再一地。朗朗的，望不到尽头。

我左右环顾，寻找主人。

哪里有？漫长的海堤，少有人烟。连过路客也很少。

它是寂寞开无主。

可是，这有什么要紧？花开与不开，完全是花的事。

我看了这朵看那朵。颜色也就黄，和白。素洁的，却又是绚丽的。你开你的，我开我的，不吵不闹，一律顶着一张笑脸。

曾听过一首《在梅边》的歌。歌词写得乱七八糟，却有一句记在心上：在梅边落花似雪纷纷绵绵谁人怜。

那么，在菊边呢？在菊边，眼眼都是绚丽的欢喜。

低头轻嗅，有浅香钻入肺腑。没有一朵菊是愁苦烦闷的，那是因为，菊的心里，住着芬芳。

拂了一身还满

搬离老房子也有数日了，却不怎么想念。人对旧物旧事，若没有刻骨到一定程度，总是很容易就能够选择遗忘的，哪怕相处时间再久，也会模糊成一段光影，直至再无踪迹可寻。我对老房子怕也是如此了，它虽宽敞，是自家盖的两层小楼，却因土地紧张，挤在人家的阴山背后，冬天难得见到一缕阳光。而我又是个对阳光十分迷恋的人，自然对它生了隔膜，渐至不喜起来。

独对那里的一株腊梅，不舍。腊梅是邻居家长的，铁栅栏围着，我站在二楼上，从窗口稍一倾身，就能把它尽收眼底。它什么时候长叶，什么时候蓬勃，什么时候开花，什么时候花落，我都知道。每年，风刚带着清寒，它已开始忙碌起来，一边掉叶子，一边打花苞苞，把逝去与新生，齐齐地托在手上。这很有意思，让人看不见冷落萧条，也没有别离的苦，有的只是期待，哦，再等等，花就要开了。

它的花苞苞也很特别，一粒一粒，精致、浑圆、饱满，像小雀的眼。这些小雀的眼，爬满了褐色的枝条，不吵不闹，静静地，与周围的颜色融为一体。这个时候，它是低调着的，不事张扬，你打旁边经过，是不大会留意到它的，你只管一路匆匆走了，哪知道它正澎湃着万千芳芬。

然后，某一天，天特别冷了，水瘦云冻的，它突然就开了，开得一点也不谦逊，甚至是张狂的，肆意的。花香比风跑得还快，是恨不得全世界都要知道它的，我开了呀！我就在这里呀！你在路上走着，或在楼上坐着，猛地被它的香撞了一下，鼻翼里渗进丝丝的甜。周遭清冷的空气，硬是被它拽出了一把温度来，从头暖到脚。你高兴得一愣一愣的，哎，真好，腊梅又开了。

它的花，亦是可圈可点的，每一朵，都是蜜蜡染过似的，小巧，剔透，上得了美人的额头。古人把踏雪寻梅当做雅趣，想想那样的画面，也是顶叫人心驰神往的——一地的雪白之上，有暗香浮动。衣着鲜亮的人，骑着毛驴，铃儿丁当，单奔着那一簇“蜜蜡”去，在雪地上留下了一个又一个花朵般的小旋涡。

我赏它却不用寻，只需在楼上坐着，或是在窗口站着，它就把花香送过来，四邻八舍也都享用着它的恩泽。它一旦开通了头，就层出不穷起来，把冬天开完了，也还要把春天再暖一暖，有绵延不绝的意思。我在那里居住了十年，就赏了十年的腊梅。日子里有它，总有说不出的欢喜与感激。

我跑回老房子那里去看它。一些日子不见，邻人的院落看上去有些冷清。腊梅还在，精神却荒芜了，瘦瘦的枝干上，爬着稀疏的花朵。香倒是很彻底的，还是蜜糖似的，一个劲地甜着。这是腊梅的好，它总是藏不住自己的心，是恨不得掏出它的全部，来焐暖你的寒冷。前人有词云：“砌下落梅如雪乱，拂了一身还满。”是说落梅多得似雪，刚刚才拂去，又落满一身。而我以为，这用来形容它的香更为贴切，那么多的香，密集着，衣衫都灌满了，拂之不尽。

有老邻居过来与我闲话，悄悄告诉我：“你知道吗，这家刚走了人。”我吃一惊，想起这家的女人来，前年听说过，她检查出患了胃癌。住过一段日子医院回来，她欢喜地告诉他人：“切掉了，没事了，全好了。”也便常见到她的男人，鸡鸭鱼肉地往家提，给她保养身子。背地里，那个大男人抹眼泪，与人说：“我只要她好好的，什么苦我都愿意吃。”女人却不知男人的苦，或是装着不知，整日里笑嘻嘻的，在梅树下晃动，侍弄着梅树，养得白而胖的。医生断言她只能活三个月，她却多活了近三年。

生命的脆弱，有时我们真的无能为力。却因为有爱在，可以使它的长度，尽可能地长一些，再长一些。如一树的腊梅花，带给一个寒冬，最温暖的支撑。想这个女人的最后，有人疼惜着，有花照拂着，也不枉在这人世间活过一场。

小景有情

听雨

在夏天，最容易与雨劈面相遇。

是突如其来的一场雨。你还在路上走着走着，还是晴空烈日的，雨说来就来了，呼啸着，澎湃着。路边随便一个小亭子，或是人家的屋檐，都成了最佳避雨处。

雨就那么下啊下。瓢泼。盆浇。还是不够，简直就是成桶地往下倒。

你被雨阻隔在雨之外。一时半会走不了，闲着也是闲着，那就听听雨吧。

雨是乐界的多面手，能熟练操作多种乐器。雨打在亭子顶上，啪啪啪，啪啪啪，节奏明快，是在敲大鼓。雨打在路边的绿化带上，沙沙沙，沙沙沙，既有竖笛又有钢琴的，细听听，好像还有二胡和小号，是在合奏一曲交响乐。如果刚好近旁有河，雨打在水面上，就更有意思了，那是弹着古筝，筝声幽幽，河水激动得一个劲打着旋儿。

就想起童年的某个夏天。不记得那时多大，五岁，或六岁，总之，很小。极怕邻家一姓彭的老头。老头威严得很，脸上从来没有笑容，走起路来腰杆笔直。据说从前是大户人家，家道中落，但骨架子不倒，村里人也都敬畏他。大人们关照小孩时，都有这么一句，别去招惹彭爹生气。

他有孙女，和我一般大，我们常一起玩。丢泥巴，弹玻璃球，玩得正兴起，老头走过，一声咳嗽，他孙女准会比兔子跑得还快地跑回家。

那天，玩着玩着，也就下雨了。也是突如其来的一场雨，汹涌而至，似旌旗万千打马飞过。我不知怎的，昏头昏脑地跑到他家躲雨，看见老头在，吓得大气也不敢出。老头站在大门口，眼眼望着大门外的雨。我在他身后，也望大门外的雨。雨打在院门前的几棵葵花上。打在院子里倒放着的一口大缸上。打在草屋顶上，又顺着屋檐往下淌。一时间，满世界只有雨的声音，哗啦啦，哗啦啦。

这样望着望着，听着听着，时间缓慢得像蜗牛在爬。老头忽然轻声一句，这雨啊。我好奇地仰头看他，他脸上的表情柔和生动，似乎还挂着淡的笑意。我小小的心，软软地动了动，第一次觉得，他并不那么可怕。

多年以后，每逢下雨，我会忆起老头脸上的表情。我信，再坚硬的背后，也自有它的柔软。像雨的手，抚过花的心。

月出

出门散步，刚好逢着月出。

起初也未曾留意，城里灯光璀璨，夜晚总弄得不太像夜晚了。

我走着走着，也就走到了近郊。那里远离灯光，一条小河东西横亘，傍河栽有众多花草树木，密集如林。眼下，紫薇和木槿开得最盛。我沿着小河，慢慢往东走，夜风清凉，花香弥漫。突然，一个大大的月亮，喝醉了酒般的，从我前方不远处的一排树后，跌跌撞撞蹿出来。色彩浓郁，如朵满满开着的向日葵。

我被震住。它是如此的明艳，如此的大，又如此的近。仿佛我只要再往前走几步，稍稍跳一跳，伸手就能捉到它。一时间，我只觉得花草涌动，树木飘摇，风起云涌。而又是静的，是潮落之后的那种静，天地一色，无声无息，细沙一般的光阴。

这朵“向日葵”，也只在树梢间停了停，似在熟悉地形。而后，它就攀着夜色，一路向上攀去，斑斓。像盛装出门的女子，从内到外，件件衣裳，都是精挑细选的。绫罗绸缎，风华熠熠。许是走累了，出汗了，它一路攀援，一路丢着衣裳。红色的丢下。粉色的丢下。黄色的丢下……终于，它走到半空中，外面千层万层的衣，露出光洁的身子。夜色如水，它是浮在水上的一朵白莲花。

世界变得透亮起来，花草树木看上去，都像披了一件银色的衣，风姿绰约，有情有义。

一对母女牵手走过，小女孩看上去不过五六岁，她边走边跳，淘气天真。突然，她惊叫起来，小手指向天空，妈妈妈妈，你快看哪，月亮呀！

她愣在那里，愣在一棵花树旁，愣在一圈月色里。

我看着她，笑了，有说不出的感动。为她一颗小小的心里，住着的美。成长的路上，她会记得这晚的月亮吧。而我，将会永远记得她。她仰向天空的小脸，多像一个小月亮。

腊月

爆米花的来了。卖灶糖的来了。弹棉花的来了。这都是腊月里的事。

沉静的村庄，日益喧闹起来，这家在涮蒸笼，那家在杀鸡。人们的心思单纯到只为吃：蒸馒头，蒸年糕，打粉，做豆腐，灌香肠……原本简单的食材，偏要挖空心思，做出五花八门来。腊月就这样，被熏染得色香浓郁，香味扑鼻。

一年的好，仿佛都聚到这个月来了。天空干净。大地干净。往日里寻常的一切，变得可亲：家里的小狗是可亲的。羊圈里的小羊是可亲的。低矮的房屋是可亲的。甚至挂在檐下的冰凌也是好的。门前落光叶的桃树也是好的。喜鹊站在高高的槐树上，喳喳叫着，叫得人心里欢喜，翻腾得浪花般的，一咕嘟一咕嘟地往外冒。人们遇见，格外和气。连平日里恶言恶语过的乡亲，碰面了，也多半讪讪笑着，话搭话地聊上几句，说说家里的收成如何，年货置办得怎么样了。哪里还有什么嫌隙？都是亲如一家子的。

张家要娶新娘子了，这是村庄腊月里最盛的事。腊月农闲，土地搁那儿，让它自个儿做梦去吧，村庄要趁着这个时候办喜事。春联提前贴起来，红灯笼提早挂起来，一村的人几乎都跑去张家帮忙。哪有那么多忙好帮啊，没事做那就站着闲看吧，笑语喧喧，一个村庄都喜洋洋的。孩子们小狗般的，在人缝中钻来钻去，蹿上蹿下，等着看新娘子，等着讨喜糖。天寒地冻的天，亦不觉得冷。

那些天，孩子们可以放开手脚野一野了。老辈说，腊月皇天的，不作兴打孩子的。孩子们听了，就如同得了天书，被束缚的天性一放再放，不知怎么野才好了，就差插上一对翅膀飞上天去。玩冰去吧。捣鸟窝去吧。放野火去吧。偷了家里的腊肉，去地里烤着吃。玩湿了棉鞋，刮破了棉裤，这些错，大人们竟都能容忍，从未有过的和颜悦色。

从前看《红楼梦》，看到贾府里忙腊月，忙得人仰马翻，吃的穿的用的，一样一样，都要全新的。祭祀的供品和供器，更是马虎不得，列了长长的单子，由贾珍去采购。终于要过年了，贾府举行盛大祭祀，宗祠里香烛辉煌，锦幛绣幕，上下人等“将五间大厅，三间抱厦，内外廊檐，阶上阶下两丹墀内，花团锦簇，塞的无一些空地”，端的是排场盛大，浩浩荡荡。我以为，我村庄的腊月，与之相比，毫不逊色。无论繁华世家，还是小门小户，这腊月，都一样的隆重庄严，都有一个簇新的年，在腊月那头，等着。

人间岁月，各自喜悦

一月，我去北京开会。相遇到北京第一场雪，小，米粉似的，薄薄敷了一层在地上。晚上，我踩着这样的薄雪，一个人逛北京城。在街头遇到卖烤山芋的，让我恍惚半天，以为是在我的小城。我买一只，焐着手，站在风里跟烤山芋的老人说话。老人是河北的，来北京十多年了。老伴也来了。儿子也来了。我问，北京好，还是老家好？老人望了我笑，说，老家当然好啊。不过这里也好的，一家人都在这里。过了一会，他又说道。我微笑起来，一家人在一起，再艰辛的岁月，也是温暖的。

二月，我在家养病。时光奢侈得不像话了，我可以长时间打量一株植物，譬如，花架上的水仙。我看着它抽叶，看着它打花苞苞，看着它盛开，捧出一颗鹅黄的、香喷喷的心。“仙风道骨今谁有？淡扫蛾眉篸一枝”，我喜欢这两句。水仙配了美人，再恰当不过了。

还有桌上的风信子，一团雪白，一团淡紫。我盯着它们看，觉得热闹。花开如同市井，也各有各的欢腾喜悦。

三月，我的身体渐渐康复。蛰居多日，我出门去，有点像春天破土而出的虫，望见什么都是新奇的。我走过一座桥，被河里的阳光牵住了脚步。我就从没见过那么好看的阳光，它们在水面上跳着舞，群舞。白衣白裙上，缀满银珠儿。跳得满世界都开了花。桥那头的街道边，烧饼炉子还在那里。摊烧饼的女人，把一把把做馅用的嫩葱晾在匾子里。那会儿空闲着，她站在那里望街，围裙上沾着白面粉。阔别很久，这个尘世还是一如既往的活色生香，让人心安。

四月，我跑去看山看水。水是溪口的剡溪。水清得像孩子眼里的晶莹，我恨不得下去捧了喝。当地人却不在意，弯腰在河里洗涮，不惊不乍，从容自得，惹得我频频回头看。山叫雁荡山，有“东南第一山”的美誉。白天看。晚上看。任凭你想象去吧，像鸟、像鹰、像虎、像骆驼、像睡美人、像牧童。山只不语，以它的姿势，俯瞰众生，千年万年。

我还跑去洛阳看牡丹。繁华已过，只留余韵。人都替我遗憾，花都谢了呀，你来晚了呀。我倒不觉得可惜，仍是一个园一个园兴味十足地看过去，绿叶铺陈，偶见牡丹花一朵两朵，也都是开尽了的模样。喧闹远去，唯留宁静。我以为，这样的宁静，更接近生命的本质。大浪淘尽，岁月安稳。

六月，我驱车百十里去看荷。邻县乡下，大大小小的水塘里，全是荷。白的面若凝脂，红的红粉乱扑。每年，我都不曾错过它的华丽出演。我想，人生要的就是不辜负，不辜负这双眼睛，不辜负这一塘一塘的荷，不辜负这当下的好时光。

八月，我一路向西，去往向往中的西藏。在西藏，我遇到不少叩长头进藏的藏民，他们风餐露宿，一路艰辛，只为拜见心中的佛。大太阳下，他们风尘仆仆，脸上却无一例外的，有着让人敬畏的坦然和从容。信仰让人强大，这是西藏教给我的。

十月，我领着家里两个老人，在西子湖畔住了几天。满街飘着桂花香，满湖飘着桂花香，我总忍不住张嘴对着空气咬上一口，再一口。夜晚，我独自去钱塘江畔漫步。看一星点的航标，在黑里闪。江水一会儿湍急，一会儿舒缓。这岸笑语喧哗，对岸灯火辉煌。尘世万千，各各欢喜。

十一月，我去了崇明岛。江中小岛，四野苍翠。原是江边人家打鱼歇脚之处，后却繁衍出一个一个的集镇。我在一个叫城桥的小镇住下，听一夜风吹雨打，江水咆哮，担心着岛会沉没。早起，却风平浪静，卖崇明糕和毛脚蟹的当地人，提篮推车鱼贯而出。岛上渐渐盛满热闹繁华。我穿行在那样的热闹繁华里，体味着活的美好。

现在，岁末临近，我安安静静等着，等着旧年翻过去，新年走过来。凡尘俗世，我一直是一粒认真行走的尘，无所遗憾，内心安稳。

NO.3
玉光阴

玉光阴

和他一起回他的老家，一座海边小镇。

我们在小镇里闲逛，这里，那里，好多都不是他记忆里的模样了。后来，他带我走进一条小巷，外面是光鲜的小镇风光，这条小巷却像被遗忘了似的，阳光打在上面，泛着旧的光泽。

也真是旧。巷道两边的房是旧的，低矮，破败，摇摇欲坠。巷道的路是旧的，仍是土路，坑坑洼洼，路两边野草肆意疯长。——这里早已不住人了。

一只猫，从草丛里钻出来，这是它的领地。它挺不满我们的随意打搅，跳上一截墙头，冲我们威胁地“喵呜”了两声，甩着尾巴，跳到墙那边去了，把一方日色，搅得粉尘曼舞。几朵蒲公英，在墙根下寂寞地开着，撑着艳黄的小脸。

他说，曾经不是这样的，曾经这里是小镇最热闹的地方呢。

我信。这是他的故土，他还是个小小少年郎的时候，每日里在这条小巷来来回回好多趟。巷道深处有学校，那是他小学念书的地方。学校的围墙还在，已豁了几个大口子。两排平房，那是教室。已旧得像老照片，屋顶上长着狗尾巴草。风吹过，所有的草们一律微低了头，像叹息。

教室门前是操场。操场边的篮球架已生了锈，架子的顶端也长了几株草。估计是风吹来的尘，日积月累，在那里积出一方土。这一星点土，成了草们活命的源，它们扎根下来，安之若素。草们的顽强与淡定，有时真让我们人类自惭形秽。人要怎么做，才能在漫漫的岁月中，历练出这样的坚韧和从容？

学校早已迁到别处去了，这里却意外地被留了下来，奢侈地保持着原貌。他痴痴望着他的校园，脸上晃动着阳光的影。许久之后，他跟我说起曾经的少年。下课铃一响，少年飞快地奔向一里外的家里去，寻吃的。哪里有吃的呢？家里四壁空空。少年就用水瓢舀上一瓢水灌下去，填填饥饿的肚子，再奔向学校，肚子会哐啷哐啷响一路。

操场上，女生们用泥块伪装各种吃食。瞧，红烧肉来了。瞧，红烧鱼来了。他和别的少年不屑，撅着屁股弹玉球，却在女生们说着肉和鱼时，咽下一口又一口唾液。

也曾在课堂上捣蛋，被语文老师揪住耳朵提到讲台前。那个老夫子一脸惋惜，跺脚叹，不好好听讲学习，你将来就回家拾草去。小小少年哪里想到将来，倒是当众被揪住耳朵让他觉得很丢人，他委屈地挤出几滴泪。老夫子慌了神，课后，为安抚他，老夫子特地给了他一块牛奶糖。那个年代的牛奶糖啊！他说。嘴边仿佛还留着它的甜。

我听得恍惚。纯真的时光，纯真的人，一段玉光阴。

我想起我的舅奶奶，年轻时远嫁而来，晚年疾病缠身，临终前，她固执地要回她的出生地看看。千山万水外的那个小镇，早已面目全非。旁的人看不出任何名堂，看到只是建筑、街道和行人，她却痴痴地伫立良久，脸色潮红，眼睛里有泪花闪现。曾经的旧时光，哗啦啦奔涌而至，在她的眼睛里跳跃、欢腾。哪里是烧饼炉子。哪里是冰糖店。还有一家裁缝铺，腿脚不便的女人，整日守着她的裁缝铺，给人裁衣盘扣，在领口上绣花。卖五香蚕豆的老人，每日黄昏，挑着担子，走进巷口，肩上歇着夕阳的影子。母亲有时会给她两分钱，她跳跳蹦蹦奔着五香蚕豆去……这一些，她都清楚地记得，仿若昨天。

她喃喃说，看过一眼，死了也安心了。

一些天后，她安然离去。

人的一生中，都有这样一段玉光阴，一直等候在那里，等着某一天，与你重逢。那时，就像一滴雨落进湖心，涟漪朵朵，只有水知道。

桃花时光

陡然间见到桃花开，我想起多年前的龙冈。

龙冈是盐都下属的一个小镇，有上千亩桃园。春天的暖阳一照，上万株的桃花，齐齐鼓着小嘴儿，怒放了。那景象，端的是一个瑶池仙境落凡尘。我对那人说：“我要去龙冈看桃花。”他奇怪：“我们这里也有桃花可看啊。”我说：“不一样的。”我没告诉他理由，不只因为那里有成片的桃花可看，还因为，我的青春曾在那里停留。

那年，一宿舍十个女生，架不住外面的春光招摇，不知经谁拾掇，相约着去龙冈看桃花。于是乎，呼啦啦都拥了去。也不识路，一任公交车领着我们，一路哐啷哐啷出了城。都是素面朝天着一张脸，却愣是让周围人的眼光，聚焦到我们身上，羡艳地看着我们。那是青春自有的光彩，远着胭脂水粉，天然去雕饰。

有人到底忍不住了，问：“孩子们，你们这是去哪啊？”我们齐齐答：“去龙冈看桃花呢。”言语之下，是说不出的优越。

那个时候，能那么无所事事规模浩大地去看桃花的，怕只有我们了。人们就宽容地笑，说："龙冈的桃园多，够你们看的。"

果真的多。我们人还未到近前，铺天盖地的红，已不由分说扑过来。我们跳进去，人迅捷被花树掩埋。桃园到底有多大？我们踮起脚尖，也没有看到它的边。到处是红粉乱溅，四面漫开去，漫开去，如烟似霭，聚成山，聚成峦，起起伏伏。抬头，低头，侧身，转身，相遇到的，除了花，还是花。累累的，朵朵清纯。我们在桃花丛中跳着叫着，每个人的脸上，都有无数桃花的影子在荡漾，平日见惯了的一张脸，竟变得格外动人。我们相互看着，情不自禁拥抱成一团，信誓旦旦着说，不管将来到了哪里，我们都要永远记住今天的桃花。

多年后，我们早已天各一方，音讯疏离。年轻时好多的誓言，原是当不得真的。可记忆分明清晰地在着，一下一下拨动着心弦。我一刻也坐不住了，和那人立即出发去龙冈。我在车子上放上了水和面包，是打算在那儿好好温故一番的。

天是十分架势的晴，阳光金箔儿似的，镶嵌得到处都是。沿途的颜色十分可人，麦苗绿，菜花黄。若遇水，水边垂柳依依，再傍着一河两岸的菜花，那景，就像谁摊开了巨幅水彩画。还是不识路，只能凭着从前的印象，出了盐城，顺着路开，却迟迟未到。停车问人，原来早就开过去了。不着急，笑嘻嘻把车掉转头，继续开。我的眼睛盯着窗外，春天的风景，其实没有目的地，逮哪儿是哪儿，即便再偏僻荒芜的地方，也一样的叶绿花开。且把一路的相遇当景致。

我们就这么不急不慌的，边走边看，到达龙冈镇。修车的铺子前，几个男人闲闲地坐着。我们去问路，只怕人家听不懂，特别形容，就是有很多很多桃花的地方啊。男人们没有表现出惊奇，淡淡说："哦，是看桃花的啊。"他们伸手一指："你们往那边去就是了。"

我们顺着他们手指的方向，出镇子。途中又问一妇人，她同样没有惊奇，伸手一指："呶，那边。"我们终于看见桃花了，零星的一抹红，被一道铁丝网圈着。那里，已辟成旅游地，打着桃花的名。我笑了，桃花有幸，竟被这么隆重相待。只是旧日之景回不去了，如同旧日时光。

我们买了门票进去。园内有河有桥，有长长的曲廊，新植桃树，不过数十棵。稍稍一打眼，也就望遍了。我不死心，一棵树一棵树地数着看。树不是从前的树了，花朵却开着从前的模样，朵朵清纯，红粉乱溅。我心里悄悄生出一个打算，这次回去，我要一一找到昔日的她们，告诉她们，我又去龙冈看过桃花了。人生也短，我们不要再错过。

几个女孩携手而来。她们不嫌花少，倚着一树的花，旁若无人地摆出各种姿态拍照。青春的脸上，飞扬着明媚活泼的笑，怎么看都是好看。我站定看她们，想着，这是她们的桃花时光呢，多年后，会记得吧。

青春纪·离殇

十六七岁的年纪，我在老街上的中学读书。

两层的教学楼，红砖，红瓦。教学楼前长泡桐树。春天来的时候，泡桐树先开花，后长叶。一树紫色的小花，纯粹，单一，像悬着一树紫色的铃铛。风吹，铃铛无声。年少的眼看过去，却发出千万声的回响，丁丁，当当。碰撞得心，像沾了露的草尖，疼疼的，莫名的忧伤。

隔壁班有女生姓绿。这姓很特别，偌大的校园里，绝对独一无二。她喜穿绿衣裳，爱系绿丝巾。人又漂亮又活泼，爱笑，走到哪里，都像一只闪闪发光的绿蝴蝶在飞。

我常看到她，走过我们窗前，绿影子轻盈地一闪，留下一阵青绿的风。光影飘摇，日头也暖，我假装没看见，只埋头念自己的书。心里头却生出许多双眼睛来，对着她的背影，看了又看。我想有她的绿衣裳。我想系她的绿丝巾。我更想能如她一样，漂亮，活泼，意气风发。

彼时，我家境清贫，我背着我妈用头巾缝的花格子书包，穿着我妈纳的土布鞋。也无好容貌，肤黑，胖着，夹杂在城里一堆光鲜人儿之中，是野草误入花圃。笑也黯淡。只能一日一日，让自己像刺猬似的，时时竖起尖尖的刺，只为护住内心的卑微与怯弱。

是暗暗羡慕她的。她家只她一个独生女儿，父母小有钱财，倾尽心力栽培她。她会弹钢琴。会唱歌跳舞。画的画也好。学校宣传栏里的画，就是她的杰作。成绩也不错。好像全世界的好，都让她一个人占了。

人缘亦是好的。她的身边，总有几个要好的女伴，和她一起咬着冰糖葫芦，从校门口一路谈笑风生地走过来。男生们更是喜欢她，一下课，总有男生跑到她的教室门口，去叫她。她脆脆地应，连蹦带跳地下楼去，在楼前空地上和那些男生打羽毛球。阳光总是好的，天空瓦蓝。她迎着阳光跑，风一样的，绿身影律动着，像舞动着的一只绿蝴蝶。

我和她在校园里遇见过几次。她冲我点头微笑，很友好的样子。我漠然地掉过头去，无端地有些恼她，仿佛她侵犯了我的自尊。而事实上，她什么也不做。青春的心，原是那等的敏感又脆弱。哪怕拂过轻微的风，怕也承受不住。

某天，她突然一言不发，离校出走了，整个校园哗然。那几天，大家都在谈论她，猜测种种，有说她恋爱失败的。也有说她出了家庭变故，父母离异了。

她漂亮的母亲来学校，坐在校长室门口哭。头发稀疏的老校长，急得团团转，派了很多老师出去找。我走过一旁，也还是漠然着，总觉得她只是贪玩了，她会回来。心里却怅然若失，清风日暖，一切如旧，我们的窗口，却少了她轻盈闪过的绿影子。楼前的空地上，也仍有同学在上面奔跑、跳跃，却空谷跫音般的，反倒叫人寂静得发慌。

她最终没有回来。一些天后，有同学传言，她死了。自杀。

没有人相信。我们走过楼前，总不自觉地会往空地上看看，是不是她在那里跳。有绿影子闪过，我们也总怀疑，那会是她。

多年后，我在我的文字里，遇到她，她叫郑如萍。也叫米心。也叫绿。

她的真实名字，其实叫青春。

青春纪·狐妖

一

是心血来潮，想要整理一下书橱。“哗啦”一声，一本书跳出来。

拿手上端详，觉得陌生。故纸。旧时光。烛火两三点。爱。幻想。忧伤。迷惘。向往……似乎统统都有。上面竟还有我曾经的呼吸——墨迹三四行。不是眉批，不是读后感，只是当时的一种心境。比如：

痛苦抑或欢乐都是一回事。远方的莺或雁，只属于远方。在这夜色写意苍茫的时刻，心是一棵老态龙钟的树。

大学刚毕业那会儿，我被分配到偏僻的乡下中学。中学刚建，许多校舍尚未完工，我住进了没有安装窗玻璃的宿舍里。夜里下雨，雨从窗户外急急地跑进来，打湿了床。无法，我只得撑伞挡雨。宿舍外傍着池塘，池塘边芦苇丛生，雨打芦苇，呼哧呼哧，呼哧呼哧，像有无数的小兽在跑。留宿的教师只我一个，无电，整个学校乌漆漆的，寂静荒凉得犹如孤岛。

我在黑暗里睁大眼，心里有恐惧。脸上分不清是泪水，还是雨水。好不容易摸到两根蜡烛点上，拿本书取暖。若当时有狐妖来救，化身男人，我一定会嫁了他。

这世上，孤独原不可怕，孤寂就有些难耐了。

幸好有书。它就是我的狐妖，伴我度过后来一个又一个孤寂的日子。

二

苏州的夜晚，是浮在天上的云。

人走在路上，像踩在云端中。

我在那里读书。彼时，花样年华。我喜欢沿着苏大门前的十梓街，一路走下去。两旁的小吃食店，多如爆米花。糖藕是最好吃的，又糯又甜。蒸鸡蛋也是一绝，水滑水滑的，嫩着，鲜着。卖小吃的阿婆你不要叫她阿婆，你要叫她阿姨，她会显得很高兴。阿婆的一口吴侬软语，好听得像唱歌。我总要发痴般的，站在旁边听好久。感觉像在吃年糕。

中间间或会冒出一两间精品店，卖漂亮的碗碟器皿，或是古玩珍奇。灯光幽暗得发绿，或是发黄，柠檬黄。有女子的脸，贴在窗玻璃上。齐刘海儿。大眼睛。像狐。她在看街景。走过窗前的人，在看她。

我终没走进那店里去。但她的样子，这么多年了，我还记得。不知她嫁人了没。不知她现在是否愉悦安好。

摆书摊的也多。累累的，累累的，全是书。多得不论一本两本卖，而论斤论两卖。我看着那些书，总替它们疼得慌。它们不应该这么拥挤这么廉价的。

我弯腰在那些故纸堆里，挑。会挑上好多好多本，直到自己提不动了。兜里的钱有时不够，不得不割舍一些。我在心里发着狠，等有朝一日，我成大富翁了，我要买下所有。

我提着一包书回去。两边的店铺开始打烊了。木门上上了栓。一条热闹的街道，渐渐安静、宽敞，行人稀疏起来，街巷变得像一张裱起来的水墨画。梧桐树筛下路灯的影，黑尾鱼一样的，也不斑驳，也不游离，只是安静。我踩着那些“小鱼”走，一街之上，我的脚步声如细雨轻洒。心里也无欢喜，也无悲伤，像一段光影。这个时候，隐隐期望着，在哪棵树后，会闪出狐妖来，与我相遇。一同走在这路上。

野菊花
开满河两岸

琪米是在野菊花开满河两岸的时候，嫁到我们村庄来的。

却不像一般人家办喜事，鼓乐齐鸣，鞭炮轰天。琪米的婚礼，冷冷清清，除了窗户上贴着一幅大红的喜字外，别无办喜事的迹象。琪米没穿大红袄，新郎官孙大年也没笑嘻嘻地给村人们发喜糖，而是沉着脸，“啪”地一下，把门关上。

看热闹的人们，无趣地正要转身离去，却听到从新房里传出琪米的哭声，嘤嘤，嘤嘤，如深秋虫鸣，凄凄切切。紧接着，“乒乓”一声，是什么东西摔地上了，伴着孙大年的大吼声，住嘴！再号丧你就给我滚回去！

人们愣怔在那里，望着他们家大红喜字的窗户，不明白这大喜的日子里，怎么就摔盘子摔碗的？

天也就黑了，人们摇摇头，各回各的家，关起门来睡大觉。横贯村庄的一条河，这个时候也安静了，清波不乏，河两岸的野菊花们，黄黄白白，兀自渲染。白天可不是这样，白天这条河喧闹得如同集市，一村人的吃喝洗涮，都在这条河里。男人们在河里摸鱼摸虾摸螺蛳。女人们在河里淘米洗菜汰衣裳。孩子们在河边的野菊花丛中捉蚂蚱，采菊花，在头上东一朵西一朵乱插。每年夏天，河里都要淹死一两个贪水的小孩。即便如此，人们对这条河还是深爱着的，从来不在河里乱丢垃圾，河水便总是清涟涟的，望得见水草在里面招摇。人们的房都傍河而居，河南岸与河北岸，一条木桥连着。琪米嫁过来的孙大年家，就在河南岸住，低门矮户，屋后的槐树，遮天蔽地。

这日深夜，一切都安睡了，只剩下野菊花的香气，在村庄上空浮游，还有琪米嘤嘤的哭泣。那哭声如小蛇蜿蜒，凉凉地，爬上村庄的心头。人们被搅得彻夜难眠，打定了主意，等天明了一定要去问问孙大年，这究竟是咋回事。

次日一早，新娘子琪米，已伏在屋后的河边洗衣裳，黄菊花白菊花开满她身后。人们收住脚步，站在木桥上打量她，她头发乌黑，身段苗条，面皮白净，竟是少有的标致。人们在心里替她惋惜，这么漂亮的一个姑娘，怎么就嫁给了不知好歹的孙大年？

人们是不大喜欢孙大年的。人长得跟瘦猴似的不说，又不正正经经干农活，成天搬弄一堆破蜂箱，说是去放蜂，也没见他赚大钱回来。一个人守着祖上留下的三间破屋，不事庄稼，常喝闷酒，像个二流子。门前的空地上，长满荒草。

琪米的到来，让一个破破败败的家，焕然一新。人们很快发现，孙大年家屋门前的草不见了，被一行行补上绿绿的青菜秧。屋子也变亮堂了，每隔几日，就见琪米拿块抹布，里里外外在擦洗。孙大年的破衣裳也整洁了，补丁上的针脚，整整齐齐。

这样一个勤劳贤惠的好媳妇，却三天两头遭孙大年的打。人们起初都同情琪米，跑过去相劝。传闻却在这时风传开来，说琪米在家做姑娘时，有个相好的，并被搞大了肚子，好面子的父母急了，赶紧托人相亲，这才把她嫁给了无父无母的孙大年。

众人上当受骗般地“啊”一声，看向琪米的眼神，就有了轻视和不屑，她再挨打，也没人上门去劝了。四五个月后，琪米果真诞下一个足月的男婴，人们窃窃私语。那几日，孙大年的脾气大得惊人，蜂箱也不碰了，成天黑着一张脸。他不许琪米给这个孩子喂奶，他要活活饿死这个小野种。琪米哭求，换来的是一顿拳打脚踢。孩子被饿得奄奄一息，最后，邻居老太太看不过去，找了一对无儿无女的夫妻来，抱走这个孩子。

几年后，琪米给孙大年生育了两个男孩，却没有因此改变她的处境，她也还是隔三岔五的，就被孙大年找了由头痛打。村庄偏僻，整日太平，琪米的存在，无疑给安静的村庄，增添了一些小浪花。村里的女人们在河边汰洗衣裳，一边隔河笑谈，哎呀，琪米又挨孙大年打了，这次是被剥光了衣裳打的。在野菊花丛中玩耍的孩子们，听到这里会怔一怔，眼前光影斑驳，野菊花们开得星星点点。风吹着他们的小脸蛋，像吹过嫩嫩的叶片儿，温软轻柔，哪里懂得人世间还有一种东西叫疼痛？他们撒开两腿，就往琪米家跑，跑去看热闹。看到的场景往往是这样的：孙大年手执鞭子，在一旁喘着粗气。琪米则在地上蜷缩成一团，哭声嘤嘤，白得晃眼的肌肤上，有崭新的鞭痕。

琪米也曾偷偷跑去看过几回被抱走的那个孩子。孩子已长到七八岁，大概听说过一些事情，看见她，朝她轻蔑地吐着唾沫。她哭着回来，被孙大年知道了，又挨一顿打。疮痍遍布的日子里，琪米就这样早早老了，乌黑的发，染上霜花。白净的脸上，有了深刻的皱纹。她遇到人总是微低了头，话少，语调轻轻的。

这么囫囵地过了一些年，孙大年得癌症死了，琪米的两个儿子业已长大，各自成了家。却因打小受父亲的影响，对琪米这个母亲，从没正眼瞧过。

琪米剩下了一个人。剩下一个人的琪米，给自己裁剪了一件大红袄，把自己收拾得很鲜艳。她去找当年相好的那一个，年轻时的那场情事，扎根在她心里，枝叶葱茏，从来没有凋零过。

他们相见了。男人仍单身着，却不是为等她，他已另有心上好。她落泪了，告诉他，他们有个儿子，早已长大成人。

男人震惊不已，提了礼物去见儿子。儿子爽快地认了他这个爹，却不认琪米这个娘。这么多年来，儿子一直记恨着琪米的“遗弃”。很快，男人搬来和儿子一起住，父子团聚。琪米还是一个人。

琪米穿着她的大红袄，在一个深夜里投了屋后的河。那会儿，一河两岸的野菊花，开得如火如荼，薄凉的香气，浮游在村庄上空。男人得知消息，慌忙赶过来，他跪在琪米的遗体前，大哭，当年那段情事，他也一直没有忘怀，只是他无法原谅她当年的“背叛”，她怎么就嫁给了别人。

男人亲自给琪米收了殓，送了葬。嘱咐儿子，等他归后，他要和她葬一起。

祖母和猫

猫是黑色的，全黑，身上找不到一根杂毛。

黑猫到我们家来时，已是只成年猫。那些年，乡下老鼠多，闹灾荒似的，成群结队着，到处打家劫舍。村人们想尽办法来对付，下鼠药是最常使的办法。老鼠却聪明得很，上过一两次当后，变得狡猾起来，绕着药走。村人们跟老鼠斗智，把鼠药拌在金贵的面粉里，做成饼子，再用油煎，煎得香喷喷油汪汪的。老鼠哪想到这是陷阱呢，前赴后继“跳”进去。

那时候，土地清瘦，吃食紧张。油汪汪的大饼，对老鼠是诱惑，对孩子们和猫狗来说，也是诱惑。常有孩子因误食拌了鼠药的饼子而中毒，所幸都发现及时，没酿成悲剧。猫狗就没那么幸运了，一旦误食，等待它们的，只有死路一条。我们常在村口发现中毒而亡的猫狗的尸体，僵硬着，身上落着一些草叶，无数只蚂蚁，在上面来回穿梭，忙碌得不行。

这只黑猫也中毒了，它不甘心就此死去，跑到祖母跟前求救。祖母用肥皂水灌它，居然把它给救了。从此，它死心塌地跟着祖母，须臾不离。

祖母下河洗菜。河里的小鱼围着石墩跳跃，跳得祖母眼睛都花了。祖母叨叨，中午能做个咸菜炖小鱼就好了。当时，黑猫守在一旁，祖母的话，它都听在耳里。祖母上岸后不久，黑猫竟叼了一条小鱼，颠颠地跑回厨房，献宝样的献给祖母。打这以后，它捉鱼成瘾，每日必逮几条上来，人都称奇。

祖母下地割草，黑猫小尾巴似的跟了去。祖母割草，它便在一边的草丛里捉小虫子玩。那日，祖母割着割着，突然“哎呀”一声叫起来，惊惶失措。原来，祖母割到一条蛇。蛇本来是在草丛里打着盹的，被惊扰了，一下子愠怒地竖起身子，冲着祖母就扑过来。这时，比蛇更快捷的是黑猫，它风一般卷向蛇，立即与蛇展开决斗。最后，蛇受伤逃走，猫大获全胜。

猫勇斗蛇的事迹，经祖母绘声绘色描述，很快风传开来，越传越神。后来演绎出许多版本，把黑猫说成神猫。我们村的人出了村子，别村的人跟我们村的人聊天，聊着聊着，便聊到这个话题。听说你们村出了只神猫？别村的人问，一脸的崇敬和好奇。我们村的人不置可否地笑，不说话，越发使黑猫变得神秘。黑猫却不知外面风传它的种种，它照例每日伏到河边逮鱼。跟祖母下地割草，捉只小虫子，能独自玩上大半天。——它不过普通一黑猫。

祖母待它，渐渐优厚起来，比待我们好。舍不得吃藏起来的糕点，祖母会避了我们，偷偷掰给黑猫吃。每到饭时，我们的饭还没到嘴呢，黑猫早已吃得肚子溜圆。祖母还专门为它准备了一把梳子，给它挠痒痒和梳毛。晚上睡觉，它必跟祖母上床。黑猫也只跟祖母一个人亲，祖母说，黑子，来。它哪怕玩得再欢，也丢下所有，跑到祖母跟前去。祖母说，黑子，坐这儿别动，我去去就来。它便听话地坐那儿，一直坐到祖母回来。我们也学祖母的样，黑子黑子地叫它，它却充耳不闻。我们嫉妒，背着祖母，把黑猫用布袋子一装，送到离家十里八里远的地方扔了。祖母家前屋后找，并在门上挂把笤帚，嘴里唤着，黑子，回家呀。也是奇了，远远就见黑猫，一团黑旋风般地，从家门口的小路那头卷了过来，卷到祖母脚跟边，缠绵地叫，叫得柔肠百结，叫得我们眼湿，再没动过送它走的念头。

黑猫后来又一次误食了人家投毒的油饼。这回它没那么幸运，祖母再用肥皂水灌，却没能救活它。祖母伤心得几顿都没吃，把黑猫葬在院门前的一丛大丽花下。我们走过，都看一眼，想一想黑猫。那一年，家里的大丽花开得特别艳丽，每朵花上，仿佛都住着一只黑猫。

老 街

看到一帧老照片：黛瓦的屋顶上，日光倾斜。纹路纵横的木板门，半开半掩。纸糊的木格窗，在天光里静穆。悠长的青石板路，如一条小溪流似的，延伸至远方。这似曾相识的画面，让我的记忆，一下子跌进老街中。

老街离家二三十里地，小时候的感觉里，那是天地漫远路途遥迢的。我们兄妹几个，难得去上一趟，也只在过年时，大人们兴致来了，相约着去老街上看热闹，——去看踩高跷呀。去看挑花担呀。去看打腰鼓呀。去看舞龙灯呀。一呼百应。连平日极其严肃的邻居家高老头，这时，也会背了双手，在路上滋味无限地走，脸上现出枣核般的笑意，看见我，会问，小丫头，你去不去老街看热闹？

当然去。心早就在雀跃，只等母亲一声令下，去吧。我们兄妹几个拔脚就跑。路总是比我们的身影长，仿佛没有尽头，人人却都是兴高采烈的，脚上走得生了水泡，也没人叫一声疼。

终于，老街近了。有好一刻，我们噤了声，站定，傻了般地呆呆看。老街看上去，多像刚出锅的蒸笼啊，热气扑腾得厉害。彼时，日头已移到午后去，阳光细软，银粉似的，均匀地洒在那些古朴朴的房屋上、街道上，一切看上去，喜悦美好。我们好像坠入了万花筒，随意一扭转，就是一片斑斓。

热闹是要追着去看的，看挑花担的，看舞龙灯的，看演皮影戏的。人群里挤着钻着，笑在飞扬。街道两旁的小店里，各色糖果糕点喷着香。小人书的摊子前，围满了孩子，一分钱可借一本看。唉，那么多的好东西，哪里看得了哇。心里一边幸福着，一边叹息着。做糖人的，草把上插满亮晶晶的糖人，太阳的影子，披着琥珀衣，在里面晃，各路“英豪”来相会。真想全部拥有，口袋里的钱却决定了只能挑一样，反复比较，反复割舍，最后，挑上女将“穆桂英”，她在一根竹签上，英姿飒爽。

也一条巷道一条巷道地走，好奇地四处张望。白墙黛瓦，木板门对着木板门，里面笑语喧喧。剃头匠站在门口，和一个路过的老人打招呼。老虎灶前，三三两两的老街人，提着暖水瓶，一边闲话，一边等水开。还有一家照相馆，大大的玻璃橱窗里，摆着大幅的女孩照，黑发，明眸，深酒窝。经过的人，总要盯着看半天。大过年的，来照相的人很多，都是乡下赶来老街看热闹的。镜头前，那些黝黑的脸庞，笑得拘谨而小心。照相的中年男人，面皮白，手指修长，他在黑色的机子后，对着那些黝黑的脸说，笑一个，笑一个。那些黝黑的脸越发紧张了，笑得又僵硬又欢喜，真是不知怎么办才好。我们一样一样看过去，时光在此打住，仿佛从很久的从前，这画面就是这样的，鲜活着，没有褪色一点点。

从老街返回，我们往往要走到夜黑。平时走夜路是顶怕的，那会儿，却一点不觉害怕。路上络绎不绝着返家的人，笑语声前后相接，波浪连着波浪似的，汇成一条快乐的河。回到家，我们多半睡不着，热议着在老街上看到的种种。带回的糖人，多少天都舍不得吃掉，不时举手上，对着太阳照，太阳穿着琥珀的衣，在里头晃。我们便又有了下次向往，什么时候再去老街。这样的向往，让童年清瘦的日子，充满幸福的期待。

然后，我长大了，长大到可以去老街上的中学读书。我爱一个人在那些曲里拐弯的巷道里转悠。老街烟火日日，在门口择菜的妇人，丰满敦厚。一旁的炭炉上，煨着浓汤。脚下青石板的缝隙里，冒出点点青绿。也有花开其间，黄的，小得可怜，却拼命撑着一张笑脸。也有花探过身子，伸到巷道上空来，是开得好好的蔷薇，或是，九重葛。青春年少，有着种种的自卑。我看着，发上一阵子呆，也不知想些什么，只是那么惊异着，又暗暗忧伤着。

教我们的语文老师，家住老街上。那个时候，他已年过六旬，却气质非凡，才识渊博。我是仰慕他的吧，下了晚课，一街寂静。我轻轻走过一口老井，走过一棵上百岁的银杏树，走过糕饼店，走过老虎灶，走到他家门口，伏在他家的木格子窗前，偷看他的书房。看他戴着老花眼镜，在灯下临摹字帖。或是，轻声朗读着什么。每一豆灯光，都是古朴的，芬芳的。我多想成为他，可以住在这样的老街上，可以住在这样的老房子里。

也对老街上一个男生，心生过好感。他家做豆腐花卖。他母亲在雪白的豆腐花上，撒上葱花点点。五分钱一碗，——我也是买不起的。他偶尔会帮衬母亲做事，总是笑着，又干净又美好。我跟他从未说过话，也仅仅是，隔着一段距离，望着他的背影，渐行渐远，在巷道的拐角处，消失。

后来，我考上大学。再后来，我工作，成家，再也没去过老街了。

今年春天，几个写作的朋友约了去老街采风。老街早已面目全非。陪同我们的老街人，一边走一边介绍，这里，曾是一家糕饼店。那里，有烧水的老虎灶。这里，曾有一口井。那里，曾长着一棵银杏树，好几百年了。

我掉过头去，不让泪落。这里，那里，我都知道，都知道的。那个自卑的乡下女孩，她独自走过那些街道，在心里发着誓说，总有一天，她要生活在这里，在开满蔷薇花的院墙内。薄暮的黄昏，她要穿着高跟鞋，笃笃笃地走过青石板的巷道，去买上一碗豆腐花吃。

每个人的记忆里，都有这样一个老街吧。那里，熙来攘往，红尘滚滚，藏着我们最初的纯真和向往。江湖还年轻，而原有的那一拨人，那一拨事，早已老去。

佛 树

佛树在成为佛树之前，原不过是棵普通的银杏树。

银杏树长在小镇门口，蓬勃茂密，参天蔽日。出镇进镇的人，隔老远都能望得见。有人嫌过它挡道，发狠要砍了它，但最终，没砍。

命运的改变是从那场大雨起。这年夏天，小镇突降暴雨。暴雨整整下了一天一夜，电闪雷鸣，小镇淹没在雨水里。到清晨，雨好不容易变小了。突然，一个闪电腾空而下，小镇人只听见“轰隆”一声，地动山摇，镇门口的这棵银杏树，就熊熊燃烧起来。这一烧就烧了有半个多时辰，等火灭了，众人跑过去看，银杏树烧得只剩下秃桩了。大家很是惊慌一番，以为不吉祥。也没人想着挖去它，只一任它留着，度过一个秋，又度过一个冬。

说来也奇，第二年，春雨浇灌过两场，这棵烧死的银杏树的秃桩上，竟爆出团团嫩芽，像团着一窝一窝的翠鸟儿。再过些日子，它已撑出树的模样，又是蓬蓬勃勃的一大棵。小镇人热议一通，觉得这棵树的不寻常，对它有了敬畏之心，路过时，免不了抬头恭敬地看上两眼。

因为被雷劈过，这棵树的树干上，留下好大一个洞。便有小镇的孩子钻进去玩耍，玩着玩着，在里面睡着了。家里大人好一通找，最后找到这个树洞来。那孩子被找回家去，夜里发着烧，说胡话。家里大人慌了神，想来想去，怕是孩子冲撞了这棵树，赶紧备了香和蜡烛来点。那孩子的烧，竟退了。这事一传十，十传百，很快传遍四方八邻。有小孩的人家，都警告自家孩子，不许再钻树洞里去了。就有人陆陆续续来给这棵树上香。

再一年，春暖花开，从这棵树的树洞里，开出一大捧雪白的花，把洞口遮了个严严实实。绿意萌动中，这捧雪白，煞是耀眼。人都不识这是什么花。有胆大的人，凑近了细看，最后发现，在树洞里竟长出另一棵树来。见多识广的人说，这是棵杏树。

杏只生长在北方，南方是没有的，这除了佛祖显灵，再没有别的好解释了。小镇人沸腾起来，那些天，家家谈论这件事。最后，有主事的人出来，说，这是菩萨给我们送白金白银啊，我们要好好感谢菩萨。于是各家出资，在这棵树上披红挂绿。从此，这棵树成了佛树。每逢初一或月半，小镇上下前来烧香祈福的人，络绎不绝。甚至还有外乡人，不顾路途遥远，车马劳顿，跑来叩拜。

一些灵验的故事，开始流传开来：某某家的儿子，因虔诚地给佛树烧香许愿，考上了好大学；某某都被医生宣判死刑了，给佛树烧了一个月的香，病就好了；某某做生意起初总是亏，那人到佛树跟前磕头，结果，他后来的生意好得冒油。诸如此类，越传越神。

却有一个青年人，心里装着这棵树的秘密。那一年，他不过三四岁，在树洞里玩耍，吃着舅舅从北方带回来的杏，一边用小刀把杏核埋进树洞里。他吃了五六只杏，就埋了五六颗杏核。他哪里会想到，其中有一颗，竟生根了，发芽了，抽枝长叶了，并开出花来。小时他不明白这件事，长大后，他跟母亲说出这个秘密。母亲愣愣看他半晌，责怪道，你又发烧说胡话吧？你能有今天，多亏了有佛树保佑，你别冲撞了神灵才好。他就不说了。再后来，他从这棵树旁边走，看着在它身上越长越茁壮的杏树，心里有奇异的感觉，觉得自己从来就没有吃过杏，更没有在树洞里埋过杏核。再再后来，他在外做生意，生意越做越大。每次回小镇，他都要买了鞭炮和蜡烛，到佛树跟前，极其隆重地拜上一拜。

旧时月色

四时的月色，是各有千秋的。

春天的月色，清澈透明，拌着草芽儿和花的清香，吸上一口，有微醉的感觉。夏天的月色，轻歌曼舞，轻盈若羽，如梦似幻。秋天的月色，浓酽黏稠，像冰得化不开的奶油。冬天的月色，如盐胜雪，洁白闪亮。

在城里很难得见到这样的月色了。即便有月亮的晚上，你发了心，一定要看看月亮。然后，你站到阳台上，等了好久，等着月亮爬上来。隔着许多的高楼，隔着许多的灯光，你寻过去，夜色浑浊不清。没有星星，天上的那枚月，很像宣纸上滴落的一颗泪，模糊着，看得你心疼了。

你轻轻叹息，也只能，去记忆里寻。

年少的记忆，是浸泡在月色中的。

六七岁的年纪，是不大敢单独到月下晃的，怕鬼。大人们的故事里，鬼故事居多。特别是一个叫陈广凤的女人，爱讲这样的鬼故事。

陈广凤家住一个土墩上，两间低矮的草房子，周围芦苇丛生。偶尔听大人们闲谈，说她是个可怜的人。她脸颊上长一大块暗红色的胎记，几乎遮住她的半边脸，使她看上去，极丑。那个时候，她四五十岁的样子，丧夫独居，一个人寂寞，常骗了我们小孩子去，帮她捡沙子里的黄豆，她给我们讲鬼故事听。说月亮满满的夜，鬼变成漂亮的大姑娘出来了，身上穿着白绸缎的衣裳，披着长头发。看见有人走过来，就丢下一只绣花鞋，哄着人去捡。我们听得毛骨悚然，怕着，却又着急着下文，后来，后来鬼把人怎么样了？

她却不肯说下文，诱骗着我们第二天再去。我们惦念着故事的结局，第二天早早地去了，绕过杂乱的芦苇丛。她站在草房子前，笑吟吟地迎，手里还是那捧沙子，沙子里面混杂着一些黄豆。我们有一颗没一颗地捡着，她的鬼姑娘便又上场了。今天的鬼姑娘换了件衣裳，穿的是一袭红丝绒的裙子。红得像什么呢？就像她家草房子前开着的鸡冠花。

我们一边害怕着，一边着迷地听着。我们捡了一个秋天的黄豆，最后她到底讲了结局没有，不记得了。只记得再遇月夜，我早早地蜷进被窝，把头埋进被子里，不敢看窗外。半夜里睡醒，惊讶着满世界的银光闪闪，我们仿佛睡在一只银碗里。四周寂静，虫鸣声若有似无，只听见月光落地的声音，噗，噗，轻微的，像雪花飘落，一下，一下。

然后，我看见月光探了身子，跑到屋内来，跑到母亲的梳妆台上，那上面放着梳子、镜奁、一瓶百雀羚、剪刀，和母亲晚上新裁的鞋面子。月光均匀地吻过每一样物件，吐出一朵一朵银白的花。蒙了一层纱的窗，亦描着银边，那么的亮。满世界仿佛都藏着秘密。我忘了害怕，只是奇异地望着，望着，不敢动，我怕动一动，这月光就飞了。多年后，我知道，那是自然的大美，任一个小孩，也为之动容。

冬天的月夜，陪着母亲去担水。母亲白天要忙农活，家里的吃喝用水，都是晚上去一公里外的河里挑。有母亲在，是没有害怕的。天上空空荡荡，只一个明晃晃的月亮，把我和母亲的影子，拉得忽而短，忽而长。近处远处的田野，都铺上一层白霜似的月光。小路上，则像敷上了一层厚厚的白糖，让人忍不住想弯腰下去舀上一勺。

我们踩着这样的月光路，到河边。冰面上，敷着同样一层厚厚的白糖。河边的树和芦苇，浴一身月光，再看不出萧条和枯萎，有的，只是温情脉脉。母亲用扁担砸破冰块，清幽幽的水里，立即掉进一个大而白胖的月亮。这个月亮很快被母亲装进水桶里。母亲挑着装着月亮的担子，晃晃悠悠地走。我开始唱歌了。那样的月色，唯有唱歌，才能消化。母亲也唱歌了。母亲不识字，唱的是她自己编的歌谣。我们的歌声，消融在月色里，变成了月光，四处飞溅。

转眼是春。春天的月色，浸满花香。这边是桃花。那边是梨花。胡萝卜开的花也是好的，像头顶着一个一个的胖蘑菇。菜花就更不用说了，一开一大片，满地滚金。我们几个孩子约了去放风筝。所谓的风筝，是用破塑料纸做的，或是包东西剩下的牛皮纸做的。风筝线是偷的母亲的纳鞋线。我们牵着这样的风筝，在乡村土路上快乐地叫着跑着。风筝被月光托在半空中，像只展翅奋飞的鸟儿。眼前的各色花们草们，被月光洇染，像瓷雕的。我们一时惊诧，齐齐仰了头看天上的月亮，觉得它也像一朵盛开的花，梨花，或是胡萝卜花。

最喜欢的，是夏天的月夜，孩子们不会待在屋里。大人们也不会待在屋里，他们要趁着好月色，去社场上剥玉米。

母亲是剥玉米的能手，一晚上能剥上上百斤，可以换到十来只脆饼。那个时候，脆饼是我们有限的见识里，最好吃的点心。我们都自告奋勇地跟着母亲去，帮着剥玉米。一路之上，月光曼舞，风中飘来阵阵稻花香。青蛙们的合唱此起彼伏。萤火虫多得像撒落的星星。社场那边，早已人声鼎沸，玉米棒子堆成了一座金黄的小山。

我们加入进去。月光被搅动得四处流溢，又迅速合拢，如船划过一道道水波。终于，所有人各就各位，迅速剥起玉米来。大人们喁喁闲谈，偶尔有轻笑的一两声。月光也安静下来，趴在人们的头发上、肩上、膝盖上，淌进每粒玉米里。我们几个孩子剥一会儿，手就火烧火燎地疼，也不大坐得住，心早野了，母亲叹一口气，宽容地说一声，玩去吧。

我们如得了特赦令，立即飞跑开去，追逐嬉闹，如快乐的小鱼，在月光里游弋。玩到大半夜，困了，回家睡去。却不知母亲什么时候回家来，第二天，枕边有脆饼的香，扑鼻。而母亲，早去地里忙活了。

那个时候，从没见母亲吃过脆饼。我们以为，那是属于小孩子吃的，所以，吃得理所当然。多年后，母亲也回忆起那样的月夜，她剥玉米的事。她总是要剥到月亮西斜，手掌通红，火辣辣的。孩子多，她要多挣些脆饼。看着你们吃，我就很满足了，母亲说。一片月光倾泻下来，淹没了我的心。我追问，妈，你当时想没想过要吃？母亲笑了，傻丫头，那么好吃的东西，怎么会不想？

冬 葵

冬葵到药房当学徒的时候，时年十二岁。

也是因为家穷，唯一的男丁，被父母硬生生送了来。什么活都做，掌柜一家人的衣服要洗。尿壶要倒。水要挑。柴要劈。饭要煮。还不时要去山上采草药，一个人顶着烈日，攀爬在悬崖峭壁上，忍受蛇虫侵扰。

冬天，窗上结着冰花，一朵朵，丰腴着。掌柜一家人还躺在温暖的被窝里，冬葵却要早早起来，院前院后打扫，伸了冻疮密布的手，擦冰花。动作慢了，掌柜会生气。肥头大耳的掌柜一个巴掌掴过来，会让冬葵眼冒金星，半天站不稳。

冬葵怕，度日如年。好不容易找了机会回一趟家，对着父母哭，说，哪怕饿死，也不要把我送去。父母反过来对着他哭，说，在家是等死啊娃。没有学徒不是这样的，熬出头来就好了。娃啊，熬着吧。

父母的眼泪，把冬葵吓着了，他后来再没对父母哭过。他在药房里安下身，渐渐爱上那个地方。一天的忙碌过去，他有了属于自己的片刻安宁。虫鸣声若有似无地响在夜空里，铺盖卷静静倚在药房的柜台旁，他举着烛台，在一圈柠檬黄的光里面，踮起脚尖，偷偷打开红木柜子上一个一个暗红的抽屉。各种草木花朵好闻的气息，汹涌而出，很快将他淹没。

冬葵着了魔的喜欢上那些中草药，每一种，都有一个好听的名字。仙茅，白薇，连翘，沉香，茯苓，紫苏，——冬葵一一在嘴里念，念得心动。一天，他发现“冬葵”居然也是一味中草药，他实在太高兴了，抓了一小把冬葵子藏在身上，手不时悄悄触摸它，心底有隐秘的快乐在飞。

女孩红花的出现，让冬葵的世界春暖花开起来。这个时候，冬葵已在药房里当了五年差，长成一个瘦瘦高高的少年。他能准确地报出任何一味中草药的名字，抓药时全凭手感，几钱几两，分毫不差。

红花是来买药的。十六岁的女孩，父母早亡，跟了哥嫂。哥嫂贪财，收了人家钱财，强行塞她进花轿，给一病重的老头冲喜。冬葵在她脸上读到深刻的忧伤，如夜色堆积般的。他的心，无端地弹跳起来，疼。他抓一把药，再抓一把药，包好，左右看看，飞快地对红花说，拿走吧，不要钱的。

红花看着他，“扑哧”一声笑了，两只细长的眼睛，弯成小月亮。她说，我带了钱呢。然后，在柜台上搁下一把银元。冬葵的脸“腾”地红了，心却是愉悦的，因为，他看见她的笑。那一天，他看天，天美。看地，地好。肥头大耳的掌柜看过去，也没那么可憎了。

两个少年就这样相识了。一些夜晚，红花会趁老头睡熟了，偷偷跑出来，轻轻敲冬葵的窗。冬葵的心，立即欢喜得开了花。他举着烛台，领着红花，一一去辨认那些中草药。贫穷的两个少年，没什么可相赠，却有草药。他送她“冬葵子”，她赠他“红花”，彼此是贴近的两个。他说，将来有一天，他要开家药房，房前屋后都种上草红花和冬葵。她听着，眼睛亮起来，又黯淡下去。她的日子一片黑，她不知道会走向哪里。他安慰她，没事的，有我呢。

重病的老头终撒手而去，那家人要把红花卖了。红花惊慌失措跑来找冬葵。冬葵只觉得一股热血直冲大脑，他一把牵住红花的手，说，我们逃吧，我带你走。

半路上却被捉回。冬葵被打折了腿，整整一个冬天没能挪步。等到窗外的冰雪终于消融，枝条上缀满雀跃的小绒毛，冬葵却再也找不到红花了。那时恰逢兵荒马乱，一个人的消失，如同一粒尘的消失，无声无息。

掌柜后来暴死，冬葵成了药房的主人。他养成了爱种草红花和冬葵的习惯，日子里，总有红花白花不息地开。这一习惯到他成为爹，没有改。到他成为爷爷，没有改。晚年，他患上老年痴呆症，忘记了很多人很多事，甚至连他最疼爱的孙子站他跟前，他也不认得了，却喜欢种下一棵一棵的草红花和冬葵。在花盆里种。在院门前的花池里种。在他看到的所有的土里面种。人问他，老人家，你这是在种什么呀？他口齿清晰地答，草红花和冬葵呀。核桃般褶皱的脸上，漾着令人心动的温柔。一圈圈，如水波。

数点梅花天地心

先说一件跟书有关的往事吧。那个时候，我七八岁，刚认识了一堆汉字，觉得神奇。家里清贫，无书可读，父亲有记账本，被我拿来当书读。这样的“求知欲”，终于打动父亲，一天归来，他带给我一件礼物——一本小人书，《三毛流浪记》。那是父亲用他的口琴，跟别人换的。为这事儿，母亲埋怨地唠叨了他好几天。

那本小人书，对我来说，比布娃娃，比漂亮的衣裳，比好吃的糖果糕点，更加让我幸福，它胜过世上一切事物对我的吸引。我怀抱着它，一遍一遍看，甚至睡觉了，也把它放枕边。那些日子，世界单纯得，只剩下我和我的小人书。

可是有一天，我的小人书丢了。是弟弟趁我不注意，偷偷拿出去，跟一帮小伙伴炫耀。后来他们一起钻草堆，玩捉迷藏，玩着玩着，就把小人书给忘了。回头再找，哪里找得着？弟弟回来，哭丧着脸。我一听说小人书没了，立即号啕大哭，直哭得死去活来，天昏地暗。父亲母亲放下手里活计，帮着去找，他们几乎把全村的草堆都给掀翻了，也没找到我的小人书。结果是，我伤心得两顿没吃饭，而弟弟挨了一顿毒打，屁股肿得几天都没能落凳子。成年后，弟弟拿这事当笑话说，他说："姐啊，为你的小人书，我这辈子就挨了那一次打。"我不说话，轻轻拥抱了弟弟，觉得很对不住他。

那时，村里有户人家，男人在一所中学做代课老师，家里订有一些报刊，我蹭饭似地蹭过去，借得一本两本来看。那户人家的儿子和我一般大，女主人每次拿书给我，都意味深长地说一句："读了我家的书，就要做我家的媳妇啊。"我竟不介意，还认真地点头答应道："好。"在那时小小的我的心里，只要有书可读，让我做什么都可以的。

我坐在田埂边读，割猪草的篮子放在一边。太阳渐渐沉下去，暮霭四起。我还舍不得合上书，就着天光看，随书里的人物，或悲，或喜，或微笑，或落泪，痴痴傻傻，竟不知要把猪草篮子装满了回家。有村人路过，自语："这丫头呆掉了。"他们哪里知道，我盛着一篮子的快乐和好。清苦的童年，因有书的相伴，每一个日子，都有花在哗啦啦地开。

我就这样零零散散地读着，还备了摘抄本，遇到心仪的句子，会摘抄下来。也没深究为什么要读书，只觉得读书是件幸福的事。直到进入大学，大学里，有专门的图书楼，里面一列一列的书架上，满满当当的，全是书。我像在黑暗里摸索了许久的人，眼前突然洞开，外面的阳光和清风，一下子都灌进来。我激动得想哭，原来，世界是这么的大！我一头坠进去。我在《诗经》里畅游，几千年前的歌谣，一下一下地，撞击着我的心扉。人类的厚重，让我仰视和敬重。我在唐诗、宋词中漫步，千年前的烟雨，拂过我的衣襟。我如一株植物，沐浴着这样的烟雨，日益葱茏。窗外的蔷薇开过，谢了。窗外的玉兰花开过，谢了。窗外的梧桐叶青了，又黄了。这些，我都顾不上的。一季一季，因有书为伴，亦不觉得生活的单调。

等工作了，成家了，我做的第一件事，就是辟一间大大的书房，满壁皆书橱。我把每月的花费，大多数用在买书上。我还爱上逛地摊，在那里，总会淘到意外的惊喜。我曾在地摊上淘过一本徐志摩的传记，还淘过一本汉族风情史。没事的时候，我就那么逛着。每逢遇到一本好书，我就像遇到知己，哦，原来你在这里。那相遇的欢喜，无法言表。赶紧捧它回家，在薄暮的黄昏读，在静谧的深夜读，直读得唇齿留香，心满意足。

现在，我可以回答书是什么了。对于读书人来说，书是阳光。是空气。是水。是粮食。是衣裳。是挡雨的屋檐。是灵魂深处，住着的另一个自己。当你失意的时候，从书中能找到安慰。当你困顿的时候，从书中能找到力量。当你萧落的时候，书中的春天，永远在。这些，还都不是顶重要的，重要的是，一本好书，总能引起我们的共鸣，是那种从灵魂到灵魂的震颤，让我们即使身处浑浊之中，亦能保持欢喜与纯真，引领我们，向着那发着光的前路去。

南宋翁森在《四时读书乐》中写道："读书之乐何处寻，数点梅花天地心。"他是真正的读书人。冬日萧条又何妨？一书在手，读到兴致处，眼里的萧条都不见了，一个俗世也不见了，天地之间，只剩下数点梅花，艳艳地红。想来读书，也是艳事一桩呢，那是读书人与书的约会。

传　奇

我的整个少年时代，都被一个叫卜子的堂哥激励着。那个时候，村庄闭塞得有些孤寂，土地清瘦，四季的风，空落落地吹着，可因为有那个堂哥卜子在，一切便都明丽起来。父亲和母亲，抱着这样的念想，有朝一日，他们的孩子，也会成为卜子一样的人。那是黑里头的亮，再清寒苦贫的日子，也有了奔头。

闲暇时，父亲总要给我们讲讲卜子。他深吸一口水烟，目光迷离地朝着南方，那是卜子所在的方向。他说，卜子啊。我们就聚精会神起来。在一边纳鞋底的母亲，也竖起耳朵，手上的动作明显放慢了。门外，槐树上小雀们的叫声，也似乎放轻了许多。

父亲爱讲卜子小时候的糗事。这让我们有种错觉，卜子是与父亲无比亲近的。有了这程亲密关系，陌生且遥远的卜子，便跟我们也亲近起来，他是我们的荣耀和骄傲。有一件事父亲讲过不下二十遍，说卜子五六岁时，到舅舅家做客，大人们不拿小孩当回事，不让他坐席上，让他蹲灶角边吃。他竟掉头就走，回去发狠说，再不去这个舅舅家了。后来，果真有好多年都不肯去舅舅家，舅舅再怎么哄也不肯去。那么小的人，就那么有骨气，父亲赞许地点点头。母亲在一旁开口了，要不是那么有骨气，他哪里会过上现在的好日子。

堂哥卜子的好日子，被众多亲戚津津乐道着，在我们贫瘠的想象里，是锦绣无端的。怎么说呢，就像土布与绸缎的区别。就像清汤寡水与美味佳肴的区别。堂哥卜子早已成为我们这个家族的传奇。原先也是一普通农家青年，高中毕业后，在村里做代课老师，娶得村里支部书记的女儿为妻。书记女儿却嫌他难看（据说卜子长得丑），不拿他当人，总瞧他不起，给他气受，甚至红杏出墙。他一气之下，离了婚，南下求学，历尽辛苦。最后，考上名牌大学。毕业后，他被分配到南方，事业做得风生水起。吃穿不愁自不必说，还娶了个年轻貌美的广东姑娘，住着大洋房。在我们尚不知荔枝为何物时，他家的荔枝成篮成篮放在家里吃不掉。

然不知什么原因，堂哥卜子自打去了南方，就再没回来过。每年春节，都要谣传一阵他要回来的消息，各家早早做好接待的准备，主妇们更是使出看家本领准备菜肴。最后，却全都落了空。我盼望见到堂哥卜子的心情，格外强烈，在兄妹几个中，就数我成绩最好。父亲说，我极有可能踏上卜子的脚印。卜子成了我的一面旗帜，一个标杆。我却从没见过堂哥卜子，我的兄妹，也都没见过。连我的父亲，说起卜子的样子来，也是模糊不清的。父亲讪讪笑，说，他小时候的样子我是记得的，眼睛小小的，很神气。

这让我疑惑不已，堂哥卜子与我的父亲到底有多亲？我是搞了好久才搞明白，原来这个堂哥，并不是我真正意义上的堂哥，他是一个远房伯伯的儿子。这个远房伯伯，平日与远亲们少有往来，但因他家出了一个卜子，原先少走动的，这才相互走动起来。这种情形有点滑稽，我们已熟稔卜子到骨头里，日日念着盼着，他却连我们是谁都不知道。他根本就不认识我们。

失望是有的，但转而又高兴了，因为父亲说，卜子的家族观念特别强。例证是，某某本家的孩子，去投奔他了，他给那孩子安排工作了。这让我们听着很安心。

我初中毕业那年，堂哥卜子终于决定起程回乡。消息早些天就在亲戚中传播，后来，得到证实，说堂哥卜子携妻挈女已在归途中。一路之上，不断有朋友拦下他，热情款待，一两天的行程，硬是走了一个多星期。众人快乐且仰慕地叹息一声，哎，卜子啊。便有亲戚天天去车站接，终于在某一天的一缕黄昏中，把卜子接回。

家家都兴师动众宴请卜子。我家也打扫干净庭院，办好酒菜，专等着迎接卜子的到来。父亲一早就骑车上路了，到几十里外的卜子家去，隆重地邀请他。我们眼巴巴等了一天，等回父亲，父亲却失望地说，卜子太忙了，家家都请，有时忙不过来，一天要吃六顿呢。父亲带回来一袋话梅，一袋椰子糖，还有一盒酥饼，说是卜子给我们兄妹几个的礼物。我们就着昏黄的灯光，翻看着卜子给的礼物，听父亲讲在卜子家的见闻，他家门前花团锦簇，人来人往，无一刻不是热闹的。

卜子最终没来我家。他送的话梅我吃了两颗，酸得掉牙，但还是欢喜的，这是堂哥卜子给的呀，是来自大城市的。那是我第一次吃话梅。

我念高中时，参加一次大型作文竞赛得了奖，父亲怂恿我给堂哥卜子写封信，向他汇报这件喜事。父亲说，在我们这个大家族里，也只有你以后能跟卜子平起平坐了。父亲的话，让我觉得神圣。我铺开信纸给堂哥卜子写信，我抬首写，尊敬的卜子哥哥。打下无数的草稿后，总算写成。给全家人念了两遍，大家都说好，我这才郑重地把信寄出。

期待堂哥卜子回信的日子，是忐忑着的。每次走过收发室门口，看见收发室里那个胖阿姨，我总心跳如鼓，我觉得，她掌控着堂哥卜子的信。我有些讨好地冲她笑，叫她阿姨。终于有一天，在我再次对着她笑，叫她阿姨时，她从一堆信中，抽出一封，对我扬扬，说，是你的吧？我一眼瞥见信封上赫然印着南方某大单位的地址，呼吸变得急促。胖阿姨也瞟一眼信封，随口问了句，你家什么人在那边？我匆匆答，我哥。抓起信就跑。我不知道我为什么要跑，似乎那颗快乐与骄傲的心，唯有奔跑，才能盛放。

堂哥卜子的回信，成了全家人的幸福，大家有事没事就着我拿出来念。在信里，卜子夸我真是了不得。他说我一定能考上好大学，为我们这个家族争光。父亲到处传播这事，弄得亲戚们看我的眼神，也充满了羡艳，仿佛我已经出息起来。这无形中给了我巨大压力，我拼了命地学习，朝着堂哥卜子指引的方向，快马加鞭。

我成功了。收到大学录取通知书的那会儿，我恨不得立即飞到南方去，让堂哥卜子看看我的通知书。我决心去看他。父亲十分支持，自打我考上后，父亲整天神采飞扬，走哪里胸脯都挺得高高的。我家也出人了！父亲处处显摆。去，去让卜子看看，父亲说。

我背上家里的土特产，坐了一天一夜的长途车，终于抵达堂哥卜子所在的城。不知是不是天色渐暗的缘故，出现在我眼前的城，并非想象中的华丽丽，而是灰灰的。连路旁开着的美人蕉，也色彩浅淡。堂哥卜子站在一根路灯的柱子下，对我伸出手，客气地说，是妹妹吧？我站在向晚的风里，傻愣愣看着他，我不能相信，我眼前的这个人，就是我念念了这么多年的堂哥卜子。他怎么会是卜子呢？他秃着头，瘦削削的脸上，爬着横一道竖一道的皱纹，穿一件皱巴巴的白衬衫。

他提起我的行李，拦了辆出租车。我木偶一般跟着他，穿街过巷，最后，走到一个老住宅区。三楼，楼道阴暗，我走得磕磕绊绊。他不时回头关照我，妹妹，小心啊。我马上要换大房子了，这里暂时住着，他解释道。

我点头，答一声，哦。鼻子却酸酸的。他家两室一厅的房，因我的到来，显得有些拥挤了。他把女儿的房间腾出来给我住，念初中的女儿和他们挤一间。堂嫂的表情淡淡的，和我打了一声招呼，她就把自己关到房里去了。

堂哥执意带我去饭店吃饭。街边小饭店，堂哥点了三五个菜，要了一瓶酒。他不停地招呼我吃菜，起初也还清醒着，但喝着喝着，就喝多了。他的话跟着多起来，说起这么多年他一人在外，老家人都以为他做了大官，发了大财，凡是跟他家沾点边的，都想奔着他来。妹妹，你知道吗，我也不过是个小小的办事员，混了几十年，才混个科级，能办什么事？求人半天，才把一个远房表弟安排进了一家单位做保安。他说他最怕回老家，那是伤筋动骨的事，千里迢迢回去，事先要准备一大堆礼物，哪一家亲戚都要照顾到。他说他也只拿着一份工资，却要养活一家人。堂嫂一直没工作。女儿的教育费用又高，每周上一次钢琴课，就得花掉近小半个月的工资。

那天堂哥卜子还说了些什么，我记不清了，只记得，他眼泪糊了一脸。第二天酒醒了，他看见我很不好意思，悄悄问我，我没乱说什么吧？我说没有。他跑出去买几只芒果回来，他说，这是南方水果，你一定没吃过。我自然没吃过。他女儿回来看见芒果，想吃，他用眼神狠狠制止住了。后来，我在厨房门口，听到他在厨房内对女儿说，那是给你姑姑吃的，她没吃过这种水果。我的眼泪差点掉下来。

他挽留我多住几日，说假都请好了，准备陪我四处逛逛。我谎称家里有事，不肯多住。他无法，只得送我去车站。在等车的间隙，他跑去买了好多袋话梅和椰子糖，让我带回老家，给各家亲戚送去。车还没来，我们站着，一时都无话。他突然说一句，告诉家里人，我这里一切都好。我狠狠点头。

我从南方回，提着一袋一袋的话梅和椰子糖。亲戚们都很好奇我的南方之行，他们吃着椰子糖，扯着我非让我讲讲卜子不可。他们问我，卜子是不是住着大洋房？是不是开着小车？是不是水果成篮成篮放在家里吃不掉？我说，哦，是啊是啊。亲戚们便快乐且满足地叹，哎，卜子啊。

金 婚

好多天前，他就兴致勃勃地和她谋划着，怎么度过属于他们的金婚。“我们要好好庆祝庆祝。”他建议。她点头同意。婚姻五十年，多不容易。

她不懂什么金婚不金婚。他说到金，她来了精神，她说：“你还没买过金的东西给我呢。”他豪爽地应：“买，买，到那天，我一定买。”她便小女孩般地撒娇：“那我要金戒指。我还要金手镯。我还要金耳环。”这些，是她企盼了一辈子的，村里的女人都有，就她没有。他统统答应：“好。”她便笑了，脸上的皱纹，花瓣一样盛开着。

日子其实一直紧紧乎乎结结巴巴。他的家底薄，兄妹多，爹娘又过世得早，都是他这个长兄带大兄妹的。长嫂如母，她跟着他，真是一天好日子都没享过。

“好在我们的儿女争气。”他说。这是她的开心果，他一说到这个，她脸上的笑，就藏也藏不住地满溢出来。四个儿女，个个出息，她吃再多的苦，也甘之如饴。

“你是我们家的功臣啊。”他握着她青筋盘结的手，由衷地说。岁月的风，早已吸干她曾经的水灵饱满，她像块干涸的河床，裸露出苍白的筋骨。他看着她，有些哽咽。这么些年，要不是她的吃苦耐劳，勤劳坚韧，他们这个穷家，哪里撑得下来。他更感激她的是，她虽大字不识一个，却深明大义，硬是把子女一个一个培养成了大学生。

“你看，这一晃的一下，你都七十三了。”他怜惜地拂去沾在她头发上的草屑。如果真有来世，下辈子他真想再娶到她。——他为自己的孩子气，笑了。

她打掉他的手，恼道：“哪有七十三，才七十二好不好。”离过年尚有好几天，她离七十三便还远着。他赶紧称：“是是是，才七十二的，咱不老。”

金婚的日子终于到了，他们这天没去地里干活，而是并排坐到屋檐下，商量着怎么庆祝。他们养的小黑狗很粘他们，绕着他们的脚跟转。他伸手驱赶：“去去去，别在这儿添乱。”她拦住：“来，五小，别听他的。”小黑狗高兴地跳起来舔她的手。她说：“坐下。”小黑狗便听话地坐下了，仰着头，孩子一样地看着她。她摸摸小黑狗的头，叹道：“还是五小好啊。”小黑狗是顺着儿女们排的，排行老五，叫五小，她给取的名。孩子们大了，一个一个鸟一样地飞了，一年里难得见上几回面。她想他们。

“要不，让孩子们都回来，一家子热热闹闹的。”他说。

她想了想，拒绝：“孩子们都忙，不要麻烦他们。”神情里，却是恋恋的，若是孩子们都能回来，那该多好啊。

他看出她的心思，当即拨通大女儿的电话。大女儿在镇上上班，离家最近。电话接通了，还没等他说话，大女儿就在电话里叫起苦来：“爸，我这几天忙死了，轮到我上夜班，天天捞不到觉睡。”他把要到嘴边的话硬生生咽了回去，忙说：“那你忙吧。”

他又拨通大儿子的电话。大儿子离得最远，在北方一所大学里教书。不过现在交通发达，坐火车回家，也就两三个小时。这回他先说话了，他问大儿子：“能不能回家一趟。”大儿子不解地说：“爸，没几天就过年了，到时我一定回家的。”他坚持：“要回你现在就回吧。”大儿子笑了：“爸，你怎么跟个孩子似的，我现在哪里走得开，这几天都有会议要参加的。”他听着，默默扣了电话。

现在剩下二女儿和小儿子了。二女儿是记者，整天奔东走西，没个闲时，电话根本不用打。小儿子在县城，工作倒是轻松。他一个电话打过去，这回，他直奔主题，说：“今天是我和你妈的金婚纪念日，你能不能回家？”

小儿子开始没回过神来，等明白过来，小儿子在电话那头哈哈乐了：“爸，你这浪漫的，还金婚呢！我今天没空回去，要送小子去学英语的，你和妈就自己做点好吃的吧。”

小儿子嘴里的小子，是他们的小孙子虎子，小家伙念小学四年级了，聪明伶俐，成绩好得很。小儿子一提到小孙子，他和她赶紧说：“孩子的学习要紧。”

搁下电话，他看看她，她看看他，四周寂静寥落。他说：“还是我带你出去逛逛吧。”他们一起坐公交车去县城，在路边的小吃食店里，他们各下了一碗肉酱面，庆祝金婚。吃完，他领她去逛商场。在金首饰柜台前，她痴痴看了半天，从金戒指看到金镯子。他豁出去了，掏钱准备给她买一只。她不肯，一只要好几千的，那是给孙儿们准备的压岁钱呢。

她后来在地摊上看到一款玛瑙戒指，才五块钱。他给她买下，戴上。她晃晃手指，他和她的脸，就在戒指里晃，模糊着，温暖着。

那些旧物件里的念想

父亲有本记账本，跟随了父亲大半辈子，被父亲悉心保存着。红色的硬皮面套着，纸张发黄，上面的笔迹，好些已模糊不清，小蝌蚪一般的，团在一起。——难怪，有它的时候，我们兄妹几个，都还未出世的。

账本里夹着一张小纸条，小纸条宽约两寸，长约二十厘米。上面写的话，早就印在我们脑子里了。那句话，像花朵微微吐蕊，是羞涩的一点点："煜，我喜欢你。"落款：毛小妹。铅笔字，字迹齐齐地朝着一边倾斜，草芽儿似的，似不堪承载夜露的沉。

煜是我父亲的名。那个时候，父亲十八九岁。据讲，是面皮白净一后生，断文识字，且会吹拉弹唱。这样一青春少年郎，在一群大字不识一个的乡亲中间，很有点鹤立鸡群的意思了。虽说当时父亲家里的成分不好，但乡亲们还是推举他做上会计，管几百户人家的账目往来。

年轻的父亲满怀激动，特地跑去几十里外的老街上，很奢侈地买回一本硬塑料本，专门用来记账。田间地头，父亲埋头写字的样子，一定像极一棵饱满的植物，蓬勃茂盛，吸人眼球。毛小妹就是在这个时候，暗暗喜欢上父亲的。年轻的姑娘怀了极大的决心，写了纸条，落笔是轻浅的几个字，却又是情深意长的："我喜欢你。"她把它偷偷塞进父亲的记账本里，也把它塞进了父亲的心里面。

父亲最终并没有娶毛小妹，而娶了我母亲。其中变故，父亲缄默不提，我们便无从知晓。但晚年的父亲，有这么一件青春的物件在，是颇得安慰的。他偶尔翻翻，会微微笑起来，那里面，他的青春正葱茏。

母亲也有件旧物件，是一件嫁衣。据说是母亲出嫁时，父亲送她的唯一彩礼。淡绿的底子上，散落着一些小红点，不过是件纯棉的袄子，母亲却珍爱得非比寻常。印象里，那件嫁衣一直躺在一只深红的樟木箱子底，里面散发出好闻的樟脑丸的味道。箱子上，挂一把铜锁。我和姐姐对那只箱子，曾生出过无限向往，觉得那里面装着的，都是神秘和美。

每年梅雨前，母亲会"咔嚓"一下，打开那把小铜锁，搬出嫁衣，在大太阳底下晒一晒。母亲的手，轻轻抚过嫁衣，一寸一寸的阳光，便在她手底下蹦跳着，花朵一样的。我们站在不远处看，看呆了，黑瘦的母亲，衬着阳光的花朵，看上去多么动人。

这件嫁衣，母亲一直没舍得穿，即使在最困难的年代。嫁衣便一直簇新簇新的，淡绿的底子上，缀着一些小红点。母亲还会在梅雨前，把它搬出来，搁在大太阳底下晒。她青筋盘结的手，抚过嫁衣，抚过那些小红点，沟壑纵横的脸上，现出极端温柔的神色。岁月的河流，在她手底下哗哗流过，那是一个女人一生中，最为完美的绽放。

突然想起曾看过的一部老电影，一个女人，历经磨难，经历战乱，饥荒，一场又一场的斗争，身边的亲人，一个一个离她而去，只剩她侥幸地活了下来。余生也短，她独守在一幢旧房子里，抱着一只木匣子，坐在窗前，慢慢翻。木匣子里，有她年轻时的照片、年少时用过的几方手帕，还有从前的恋人写给她的信。她的手指，一下一下划过那些旧物件，苍老的脸上，缓缓浮上了天真的笑。窗前花树的影子，飘落在窗台上，堆得满满的，都是时光曾走过的样子。再孤寂惆怅的日子，有了这份念想，到底能像余炭似的，把她的心，暖一暖，再暖一暖。

岁月渐深，我对一些旧物件，也特别地眷念起来。我翻找出当年中学时的日记本，在老家墙角积满灰尘的纸箱子里。那一刻，我的心竟狂跳不已，如同尘世里的再相逢。嗨，你还在这里吗？——哦，是的，我在，我在呢。

日记一共有五本，普通的记事本，有本封面上印着个撑伞的女孩，雨巷深深。有本封面上是一树的花开，树下跳着放风筝的孩子。有本是一扇窗，风吹着挂在窗下的风铃。——符合当年我的心境，纯净，柔软，敏感，爱做梦。我翻开一篇，上面写道：

今日晴，心情却不晴，数学考得很糟糕。

再翻一篇，上面咬牙切齿着：

某某，你等着，我不会让你小瞧我的！我一定会证明给你看的！

再一篇，上面只有一行字：

人生的意义，在于不断拼搏。

有时用圆珠笔写，有时用钢笔写，字不好看，笔画瘦长，远不似我今日的圆润。但我心里，却漫过一波一波的浪，感谢它们还在，让我不至于迷失了来时的路。

也问母亲找来我小时穿过的鞋。只巴掌大，鞋头上绣着黄瓜花，那是我外婆的手艺。我望着鞋，惊奇于自己曾经那么的小。外婆的身影，穿云破雾而来。矮小的女人，一生活得贫瘠悲苦，却少听到她抱怨什么，脸上总是笑微微的。她一个人住，在草屋前，搭了竹架子长黄瓜，花开时节，自然形成花廊。远观去，黄的花，大朵大朵，密密的，攀援而上，攀援而下，艳到极致，又淡到极致。外婆就坐在这样的花廊下做针线，安详得让人忘了时间流转。这世上，所谓的消失，原只是相对的。总有些旧物件，让走远的一切，重又一一走回。

有高中同学不远千里来，只为取回我手里的照片。她说她找不着她的曾经了，与过去有关的物件，全在辗转之中遗失。当她得知我还留有她当年的照片，竟为之兴奋得失眠。那是她贴在我的毕业留言簿上的，黑白的一寸照，上面一张稚嫩的娃娃脸，青涩着，素面朝天。多年之后的我们，站在车站的广场上对望，彼此早已不复当年的青嫩。“你看你看，这是那时的你啊。”我们这么望着留言簿上的照片笑，笑着笑着，就笑出了两眶泪。风轻轻拂过，身旁人潮汹涌。

总要等到一些年后，你才明白，一些旧物件里，藏着你的念想。旧日回不去的光阴——无论欢喜，无论疼痛，都是好的。因为，那是你曾经努力活过的印迹。

NO.4 跟着一朵阳光走

那一夜，星光如许

那时，真是羡慕她。

我们一群乡下孩子，进城来高考，独自背着简单的行李，无人相送。只她身边，有父亲和上小学的弟弟陪着，前呼后拥的，让穿着一袭白裙子的她，公主般的高贵着。

我们入住在招待所。楼下是喧闹的农贸市场，各种买卖的声音，不时灌进耳里来。书是看不进去的，我们伏在窗口，望这个城。城市斑斓，犹如万花筒。我们在心里发着狠，等我们考上了，跳出“农门”，将来也要来这城里住。到那时，我们一天要逛两遍街，把这斑斓悉数看尽。

楼下，一溜排开的水果摊子，红瓤的西瓜，被劈成两半，摆在那儿当招牌。青皮红嘴的桃，堆得尖尖的，望得见甜蜜在里头。——真想吃啊。手头却是拮据的，——在地里苦活的父母，还顶着烈日在劳作，让我们也舍不得如此奢侈。

一回头，就看见了她的父亲和弟弟，一人手里抱着一个大西瓜，一人手里提着一袋的桃，上楼来了。我们暗暗想，真是有钱人哪。她父亲很快切好西瓜，洗好桃，给她送过去。其时，她正坐在楼道口吹风，一边胡乱地翻着一本书。父亲细心地剔去西瓜里的黑籽，一块一块，递给她吃。她吃到不想吃了，父亲还小声劝着，再吃两块吧，吃了会凉快些的。

傍晚，我们去盥洗间洗衣服。她父亲也端着一盆衣服去洗，是她刚换下的。她弟弟跟着，却噘着嘴，很不高兴的样子。父亲一边洗衣服，一边和风细雨地对弟弟说，姐姐明天就要高考了，西瓜是要省给姐姐吃的，你要懂事一点，等以后爸爸赚了钱，再给你买。

我们听着，有些诧异。原来，他也不是个富裕的。回到宿舍，有同学不知从哪儿听来的消息，说她十岁那年，亲爸就死了，他不是她的亲爸，是继父，她弟弟才是他亲生的。我们震住，再见到他，就有了说不清的感动。

那个时候，高考还在最热的七月份。半夜里热得睡不着，加上有些紧张，我们干脆爬上露台去乘凉。不一会，看见她也上来了，后面跟着清瘦黝黑的他。他竟搬了一张席子来，摊到露台上，让她躺下。她听话地躺下，他坐在一边，给她摇扇子，一下一下，摇得满地星光飞溅。

我们一时间感动得无话可说，抬了头仰望星空。满天的星星，密集的小蝌蚪似的，拥着挤着，闪着光亮，仿佛就要掉下来。身边，他摇动扇子的声音，像轻轻响着的一支歌。夜风有一搭没一搭吹着，一个城，没在一片宁静里。我们暂且忘了高考的紧张，只觉得这样的夜空，极好的。

多年后，每每有人提及到高考，我的眼前，总会晃过她的样子：一袭白裙，公主般的高贵着。清瘦黝黑的他守在一边，把一个父亲能给予的亲情和爱，全都无私地给了她。不知她后来考上了没有。那似乎也不重要了，有他撑着，她的天空，一定少有风雨。

跟着一朵阳光走

午后，我正收拾书桌，突然看到一朵阳光，爬到我的书上。一朵小花似的，喜眉喜眼地开着。又像一只小白猫，蹑手蹑脚着。

我晃晃书页，它轻轻动了动，一歪头，跳到桌旁的一盆水仙上。在水仙的脸上，调皮地抹上一层银光。后来，它跳到窗台上。跳到门前的一棵树上。树光秃秃的，冬天还没过去，这朵阳光却不介意，它在赤条条的树枝上蹦蹦跳跳。它知道，用不了多久，那里会重新长出叶来。那时，春天也就来了。

我的脚步不由自主地跟过去，我要跟着一朵阳光走。

阳光跑到屋旁的一堆碎砖上。碎砖堆是一户人家装修房子留下来的，被大家当做了晒台。有时上面晾着拖把。有时上面晒着鞋子。隔壁的陈奶奶把洗净的雪里蕻，晾在上面，说是要腌咸菜。她半是骄傲半是幸福地说，她在省城里的儿媳妇，特别喜欢吃她腌的咸菜。

阳光在砖堆上留下了它的热，它的暖。它又跳到一小片菜地上。小菜地瘦瘦长长的，挨着一条小径。原先是块荒地，里面胡乱长些杂草，夏天蚊虫多，走过的人都速速走开，一脸的漠然。后来，不知谁把它整出来，这个在里面栽点葱，那个在里面种点菜。还有人在里面栽了一株海棠。阳光晴好的天，海棠花凌凌地开了，一朵一朵，红宝石似的，望过去特别漂亮。大家有事没事，爱凑到这里，看看葱，看看菜，赏赏花，彼此笑笑，说些闲话。谁家煮饭缺把葱，都可以自去地里采。

谁也不曾留意，阳光已悄悄地跳到了人的心里面。

现在，这朵阳光继续着它的行程。它走到一片绿化带上。绿化带上有树有草，也有花。草枯了，花谢了，然不要紧的，它会唤醒它们。我似乎听到它的悄悄耳语：生命还会重来，还有美好，在前面等着。

人是怀抱着希望在这个世上行走的，植物们何尝不是?

树是栾树，叶掉了，枝上留着一撮一撮干枯了的果。我伸手够一串，剥开，里面黑黑的珠子跳出来，和这朵阳光拥抱。我想起有关栾树的记载，说是寺庙多有栽种，用它们的果粒来穿佛珠。尘世万物，本就存了佛心的。

一只小鸟，在路边的草地里跳跃。它一身斑斓的毛，奇的是，头上长了两只小小的角。嘴巴尖尖的，长长的。我实在不识这是什么鸟。小鸟的头，灵活地东转西转，东张西望，仿佛初来相见，对周遭的一切好奇极了。

这朵阳光，跳到小鸟的脚边，小鸟一定感觉到了。它低

我们要做的，唯有不辜负。不辜负这朵阳光，不辜负这场生命，心存热情和向往，好好地活。

下头去啄食，一上一下，一上一下，怎么啄也啄不完。天空高远，草地温暖。

我微笑起来，干脆在路边坐下来，看小鸟，看阳光。我想起一句话来：阳光照强大也照弱小，阳光善待每一个生命。

我们要做的，唯有不辜负。不辜负这朵阳光，不辜负这场生命，心存热情和向往，好好地活。

爱，踩着云朵来

父亲说，你妈现在不中用了，在家门口都迷路。母亲小声争辩，是夜里黑，看不见嘛。

母亲去亲戚家做客，当夜搭了顺路车回来，车子停在离家半里路的河对岸，过了新修的桥，就到家了。可她却找不着回家的路，稀里糊涂踏上了相反的路，越走离家越远，幸好遇到晚归的同村人，把她送回家。

母亲老了，这是不争的事实，她再也没有从前的利索和能干了。我看着母亲，百感交集，想起了多年前与她相关的一件事，我一直觉得它是奇迹。

那年，我在外地上大学，第一次离家上百里，想家想得厉害，便写了一封家书。字里行间满是孤寂，如跋涉在沙漠里的人。母亲不识字，让父亲念给她听，她竟一刻也坐不住了，决定坐车去学校看我。

母亲是从未出过远门的，大半辈子只圈在她那一亩三分地里。可她决心已下，任谁也阻拦不了。她去地里拔了我爱吃的萝卜，烙了我爱吃的糯米饼，用雪菜烧了小鱼……临了，母亲又去和邻居大婶借了做客的衣——一件鲜艳的碎花绿外套。母亲考虑得周到，她不想让在大学里念书的女儿丢脸。

左挎右掮的，母亲上路了。那时去我的学校，需要在中途转两次车。到了终点站还要走十来里路。我入学报到时，是父亲一路陪着的。上车下车，穿街过巷，直转得我头晕，根本分不清东南西北，记不住路。

然而我大字不识一个的母亲，却准确无误地摸到我的学校。我清楚地记得，那是秋末的一天，黄昏降临了。风起，校园里的梧桐树，飘下片片金黄的叶。最后一批菊们，在秋风里，掏出最后一把热情，黄的脸蛋红的脸蛋，笑得满是皱褶。我在教室里看完书，正要收拾东西回宿舍，一扭头，竟看见母亲站在窗外，冲着我笑。我以为是眼花了，揉揉眼，千真万确是母亲啊！她穿着鲜艳的碎花绿外套，头上扎着的方格子三角巾，被风撩起。黄昏的余晖，在母亲身上镀一层橘粉，她像是踩着云朵而来。

那日，我们的宿舍，过节一般。女生们个个都有口福了，她们咬着母亲带来的大萝卜，吃着小鱼，还有糯米饼，不住地说，阿姨，好吃，太好吃了。而母亲，不大听得懂她们说的话，只是那么拘谨地坐着，拘谨地笑着。那会儿，一定有风吹过一片庄稼地，母亲淳朴安然得犹如一棵庄稼。

一路之上，母亲是如何上车下车，又是如何七弯八拐到达我们学校的。后来，她又是如何在偌大的校园里，在那么多的教室中，一眼找到了我的，这成了一个谜。

我曾问过母亲，她始终笑，不答。现在我想，这些问题根本无需答案，因为她是母亲，所以她的爱能踩着云朵而来。

寻找王桂兰

当年，我在小镇读高中，和王桂兰，还有另一个女生，关系最要好，几乎形影不离，有好吃的一起吃，有好穿的换了穿。其实，哪里有什么好吃的，无非是家里炒了几把蚕豆，或是祖母烧了一罐的咸菜。王桂兰的母亲会做酱，好吃的豆瓣酱，还有炒年糕，让我念念不忘。

“还有韭菜炒莴苣，我第一次在她家吃，好吃得要命。”另一个女生说。

我们同时笑了。味蕾的记忆是深刻的，长久的，没有一点欺骗性。

王桂兰的家在另一个乡镇，要路过许多的桥，许多的农田，还要在一个渡口守渡船。我们骑了很远的路去她家，把自行车架到渡船上，看一河的水，晃出许多碧绿的影子来。向晚的风，吹得漫漫的。

知道我们周末来，她妹妹过来接我们，她母亲早已在家里的锅台上忙乎开了。三间简易的平房里，飘荡着饭菜香。我们扑过去，也不管吃相，把她的母亲，当自家母亲，吃了再添，直吃得肚子撑圆了。

王桂兰比我们年长几岁，高中未念完，就辍学回家了。一说是因家里穷，一说是因要嫁人。那时，我正埋首在迎高考的复习中，关于她离开的细节，竟模糊成一团影，怎么努力去看，也看不清了。

我们在老同学中间发起一场寻人运动，寻找王桂兰。有在公安局工作的同学，利用职务便利，在公安内部网上查找，输入王桂兰，一下子跳出成万上千个。即使缩小了范围，缩小到她曾经生活过的乡镇，也有上百个。一一核对，不能确定。二十多年的面貌变化之大，有时是超出想象的。况且，二十多年的时间，什么样的状况都会发生。沧海桑田，有时也不过是一二十年的事。

这日深夜，我正把一篇写好的文档保存，就要关电脑去睡了。另一个女生的信息在Q里突然跳出来，语无伦次的，她说：“我找到啦！我找到了！”我打过去一个问号，她干脆拨来电话：“我找到王桂兰了！”

原来，王桂兰并未远离，她嫁到了另一个村。

我们去寻她。车子一路往乡下开过去，满田满坡的油菜花已开过，残留着一小撮一小撮的黄。像小孩子作的画，颜料涂得歪歪扭扭，这里一块，那里一块，天真随意，却又是极美的。麦子抽穗，蚕豆结荚，丰收在望的样子。想着王桂兰在这样美丽的乡村住着，你耕田来我织布，也是好的罢。

一路不断询问，终到达她所在的村。午后，家家闭门关户，门上落一把大锁。有的竟不落锁，随便一推，门就开了。屋旁种着蔬菜，肥绿水灵。羊在羊圈里，探出半个头来，好奇地打量我们。

村人们都在地里忙活，我们好不容易逮着一骑车路过的老人，向他询问。老人警惕地看着我们，问：“你们是什么人？找她做什么？”我们一时答不上来，只愣愣看着老人笑。老人大概觉得我们不像坏人，他松一口气，伸手一指，说：“王桂兰离家十多年了，她婆婆在那块地里干活，你们可以去问问看。”

哪里呢？我们放眼望去，满眼的，都是葱茏。我们绕河绕沟，寻到地里。在忙活着的，都是些老人，警惕性却高得很，偏不肯告诉我们，谁是王桂兰的婆婆，他们说：“现在外面的骗子多。”我又好气又好笑，拿了证件告诉他们，我们不是骗子。

老人们哄一声笑开了，齐齐指着一个臂弯里挎草篮的老妇人，说：“她就是王桂兰的婆婆。”婆婆起初还是有点不信我们，反复问：“你们找她做什么？”我们一再回忆当年上学的情景，说起去王桂兰家要乘渡船，说起王桂兰家的炒年糕和莴苣炒韭菜。有人在一旁说：“哎呀，看来真的是她同学，这么多年了，还来找她做什么呀？”婆婆帮腔道：“同学就好比亲姊妹的。”

愣住，原来，我们这么兴兴地来找她，是为找当年丢失的一个姊妹啊。我们得知，当年王桂兰退学归家，的确是为完婚，好给贫穷的家里，减轻负担。所幸所嫁之人，相当勤恳，木工手艺精湛，待她也好。他们育有一儿一女，在东北开一家门市，生意做得很兴隆。

我留下电话。当晚，就接到王桂兰从东北打来的来电，电话里反反复复只一句：“这么多年，我不住地在想你们啊，你们去了哪里啊！”我的泪差点掉下来。

生命是一场感恩

旧年的最后一些日子，我闹牙疼。到新年，仍不见好，半边嘴巴都肿了起来。吃东西变得小心翼翼，哪怕只是一粒大米，我也要放在嘴里慢慢磨半天，方能咽下去。我这么磨着磨着，想起我奶奶的话来，一粒米，七碗水啊。说的是种粮食的艰辛。我努力回忆我奶奶说这话时的表情，那里面怜悯有，痛惜有，甚至，还有些激昂。可惜小时我不懂她，只一味顽劣天真，觉得她真是好啰嗦好麻烦，吃东西不许掉一粒渣渣在地上。走路不许用手碰庄稼，更不用说拔一棵玩了。印着字的纸，不许随便扔垃圾堆里，响雷要打头的。我奶奶相信报应，相信因果轮回。她把她的信念，无形中渗透给我们兄妹，我们长大后，一个个虽无多大出息，但都善良本分。

我就这么想了一会我奶奶，她的样子，在我脑中浮浮沉沉。推算一下，她故去也有七八年了。真快啊。这个新年里，我想对她老人家说，我很感激她，教会我善良。我祝她老人家新年快乐。

我又想了些别的人和事。人的思绪真的有点怪，“天马行空”这个词造得好，它是专门用来说思绪的。人最管不住的，就是思绪了，心也管不住它。你不知道它什么时候会跑过来，又将跑向哪里去。一个思绪跳出来，有时很是莫名其妙，与此情此景都不搭界，但它就是来了，你的心只能跟着走。就像此刻，我坐在七楼我的家里，我害着牙疼，一边很努力地咀嚼着小半碗米饭。阳光在我的窗台上撒着欢。窗台上一盆蟹爪兰，打着红肥的花苞苞，眼看着就要开了。我的眼前却晃出茅舍田埂来，有葵花朵朵向阳。扁豆藤把半个茅舍都缠住了。南瓜花趴在草垛子上。挥着竹竿赶着鸭跑的邻家老头子，嗬嗨嗬嗨唱着他自己才听得懂的歌。老头子单身一人，会哄我们小孩子玩，编个鸟笼或是小提篮什么的。我们追着他要，笑声四处飞溅。老头子常害牙疼，有时捧着半个肿了的嘴巴，倚在我家门口说话。“老啦，不中用啦，又不能吃啦。”他说。我爷爷奶奶会出主意，喝点南瓜糊吧。

老头子后来早早去了地下，一些年后，我爷爷奶奶也去了。他们的坟相隔不远，这真好，他们做了一辈子的邻居，又将永远做下去。我相信，地下的他们，一定常常碰面，聊聊屋角头是长扁豆好，还是长南瓜好这样的话题。

我又想到我妈。我总爱闹牙疼多半遗传自她，我妈的牙不好，年轻时就不好，早早地掉得差不多了。有时我跟我妈开玩笑，我说多怨你，我老是牙疼。我妈便笑得万分抱歉，紧张地问：“你又牙疼了？”我妈还把她的黑头发遗传给了我，她已七十多了，头发仍是黑的。我的头发，像她，一直黑得发乌，这是我引以为豪的。我妈也把她坚韧的品质遗传给了我，做事又勤奋又努力。——这些，我都没有跟她说过。

我妈留给我的记忆不温和，小时，她对我们兄妹几个，动辄非骂即打。我妈现在骂不动人，更打不动人了，她的背严重的驼下去，很难买到适合她穿的衣裳了。她变得温顺，像一团软塌塌的面团，看见我们回去，她脸上的笑，会一整天不掉落。买东西带给她，她总是受宠若惊，连连说，谢谢啊，谢谢啊。谁声音稍稍大一点，也能吓着她。看着她，我总忍不住想，这个人，就是这个人，她给了我生命，我多么感激。我真想把她搂进怀里，当孩子来宠，告诉她，不要怕，岁月再厉害，也有我在一边给你守着。——可是，岁月真的太凌厉了，它会逐一拿走她所剩不多的牙齿、头发，以及，眼神里的亮光，直至，她的整个生命。我所能做的，也只是祈求时光慢一点走，再慢一点走。

亦想起某个人来。那年深冬，夜深，雪飘，我闹牙疼，在电脑前黯淡。他电话来，说："你不要这么用功了，老是熬夜，真让我心疼的。"一句心疼，让我记挂了好些年。尽管后来我们关系日益浅淡，直至再无联系，我还是十分十分感激他。一想起他，就有满满的阳光，飞扑过来。

也在突然间，收到一个女孩寄来的枣片，不远千里，从她的家乡。她说："梅子老师，知您贫血得厉害，实在不放心，所以托人寄了这些枣片。这都是自己种的红枣自己用铁锅炒的，您在超市里应该不太好买。"每日里，我丢几片枣片泡茶，一小口一小口慢慢喝。枣的甜便在我的舌尖上打着滚，然后一滴一滴，慢慢融入到我的血液里，我的生命中。

放慢脚步

高中同学R，突然辞了职，放着百十万的年薪不要，从繁华旖旎的大上海，跑到遥远偏僻的海边滩涂去，租下一块地，搭了窝棚，修篱筑菊，做起隐士。

这个消息，让我们吃惊。当年，R是我们一帮同学中最为出众的，整日里像张鼓满风的帆，猎猎飞扬。他有句口头禅："时间不等人，再不努力，就晚了。"这句话常被老师拿来教育我们。

考大学时，R 毫无悬念地考上了重点大学。大学期间，他又因成绩格外优异，被保送读研。然后，出国读博。一路春风马蹄疾。

读博归来，向R敞开大门的大公司，有数十家。R最后选择了上海的一家，他认为，只有像上海那样的大都市，才更利于他施展拳脚。他如鱼得水，在公司的地位扶摇直上，一直做到副总。

我们有事路过上海，R很热情地招待我们。他白皙儒雅，意气风发，完全一副成功人士模样。却忙，和我们吃一顿饭的工夫，他接了几十个电话。我们打趣他："你真是个大忙人哪。"他歉意地笑："没办法，停不下来了。"有一回，他接了个电话，不得不中途撂下我们，说公司有急事，他得赶回去。他一阵风似的，走了。我们有些羡慕他，又有些同情他，总觉得他被什么绑架了，失了自由。

我们几个高中同学相约，找去海边滩涂，看望R。出现在我们眼前的R，让我们颇感意外，他变黑了，身体健壮，一件汗衫套着，跟当地的渔民别无二致。他正在搭一蓬黄瓜架子，说要长黄瓜。他身后的窝棚顶上，已爬满绿的藤蔓。他说，那是他长的丝瓜。几只鸡，在屋前的菜地里觅食。不远处，横亘着

一条清澈的小河，河边野葵朵朵。小河过去是竹林。竹林过去是蓝天。看得我们心动，这真是块修身养性的好地方。

自酿的葡萄酒竟也是醉人的。R的脸微红着，告诉了我们一个秘密，三年前，一次例行体检中，医生宣判了他的“死刑”，肺癌，晚期。

接到宣判的那一刹那，他如五雷轰顶。他想他的一生，几乎都在疾走之中，沿途的风景，从没有欣赏过。“我不服啊！” R猛喝一大口葡萄酒，说。痛定思痛，他作出一个重要决定，临死之前，他要好好待自己，听凭心的喜欢，抛却俗世追逐，过几天真正属于自己的日子。

他来滩涂住下，种花种菜，安享自然。他过了一年。又过了一年。极意外的，他的身体竟朝着好的方向发展。再去医院检查，给他宣判过“死刑”的医生，直呼不可思议。R笑了，R真心实意说：“现在，我才真的体会到，人生不用那么急着赶路，适当放慢脚步，才能更好地拥有。”

饭后，R领我们去海堤上听风。“海堤上的风是很有意思的，有时像吹长笛，有时像吹短号。” R说。他轻轻坐下来，微微闭起眼睛。风吹起他额角的发，太阳光爬上他的脸，他安详得像一棵草。我们看着，都心有所动。人的一生中，到底什么才是最重要的？有时，不妨放慢你前行的脚步，让生命沐着自然的光泽，生命才不至于早早枯萎。

回家

父亲生日，我记着，买了蛋糕和礼物，回家。

父亲很有些意外了，他根本没想到我能记着他的生日。他高兴得手足无措，在家门口转来转去，一会儿弯腰扶扶倚在墙边的扫帚，一会儿挥手去赶来凑热闹的鸡。我把买给他的礼物——一件外套拿出来，让他穿上试试，他不好意思起来，装作不在意地说："不就是个闲生日嘛，买什么衣裳。"

我说："爸，闲生日也要过，以后每年我都会替你过。"心下却黯然，父亲都七十有一了，又有几个生日好过？

父亲却满足得"嗬嗬"笑起来，我看到他混浊的眼里，有亮亮的东西闪现，我的举手之劳，一定在他心里掀起了万顷波澜。我和母亲在厨房里做饭，就听到他在外面大着嗓门，不厌其烦地告诉邻居二爹："我家二丫头特地请假回来给我过生日。""不就是个闲生日嘛，还给我又买衣裳又买蛋糕的。"他补充道。

母亲不屑，母亲说："你爸就爱吹牛。"母亲的脸上，却荡满笑意，——母亲也是欢喜的。

饭桌上，不胜酒力的父亲喝多了，他重三倒四地叨叨：“我真幸福啊。”

我笑看可爱的老父亲，心里惭愧，从前的日子，我疏忽父母太多。好在还有当下的日子，我可以弥补。

出门去，阳光荻絮似的，淡淡轻拂。午后的村庄，安静得很像一捧流水，只剩下老人和孩子了，——其实，孩子也没见着几个。只有几只狗，主人似的，满村庄溜达，不时吠上一两声。我以为，它们是寂寞了。

我去田间转悠。这里，那里，都曾留有我少年光阴。我在地里挑过猪草羊草。我在地里掰过玉米，拾过棉花。我熟悉很多植物：车前子、牛耳朵、婆婆纳、一年蓬、黄花菜、苜蓿、菖蒲和苦艾。一蓬一蓬的苇花，在风中起舞，它们让我的目光，在上面逗留了又逗留。

一妇人趴在沟边锄草，身子都快躬到地上去了。她头上花头巾的一角被风撩起，露出里面灰白的发来，——竟是那么的老！记忆里，她辫一根乌黑的长辫子，健壮结实，挑着担子也能健步如飞。

我站定看她，她也看我，许久，她哎呀一声：“这不是梅吗？”

“是我，姨。”这么一答，我觉得鼻子有点酸。不知为何。

我看着她笑，在心里找着话。说点什么好呢？我没找着。她大概也找不着要说的话，就从地里拔一棵白萝卜给我，说：

“没有空心呢。”我接过，摘了路边的蚕豆叶子擦擦，“咔嚓”咬了两口，——小时，我都是这么干的。我们一村的人，也都是这么干的。

她“呵呵”笑起来，很开心的样子。

“你真孝顺啊。”她终于又说一句。

我赧颜，又有些伤感。我听说过她的两个儿子，一个远去云南，做了人家的上门女婿。一个常年在外打工，极少回家。地里的荠菜花开得星星点点，奔放灿烂是春天的事。麦苗儿却绿滴滴的，让人忍不住想揪了一把吃。

望见麦田中的坟。这儿一座，那儿一座，那里住着我熟悉的村人。我祖父祖母的坟也在。隔着不远的距离，我在心里向他们致敬。

有他们在，村庄便永远在。

泡桐花开

我的高中，是在离家三四十里外的小镇上读的。

那时的交通，远不似今天这么便捷。乡下也不通车，要去镇上，只有两个选择，骑自行车，或步行。家里当时只一辆自行车，我若骑去学校，全家人出门就极不方便了。我于是选择步行。

星期天的午后，我背着干粮——一周吃的咸菜、大米，沿着弯曲的土路，出发去镇上。冬天的天黑得早，我往往要走到太阳落山，才能到达小镇。那个时候，万家灯火已次第亮起，我感到既孤单又荒凉。远远看见学校了，我像极一尾终于找到水的鱼，一头扑进去。

两层的教学楼，红砖红瓦，楼前长泡桐树。冬天，树干光秃，上面落满阳光。最好看的是四五月，树上缀一树紫色的花，撑着一树的小伞似的。我们人坐在教室里，稍一转头，就与那一树一树的花重逢。

清晨的花树下，晃动着男孩女孩的影，他们在晨读。我也喜欢捧本书，沿着一排的泡桐树走过去，再走过来。紫色的小花，落在书页上，也落在我的心上。我抬头看，怔怔地，想一想不可知的未来，整个人，被一种说不清道不明的情绪笼罩着。青春在骨头里，悄悄地开着花。

读书改变命运——这话不用父母提醒，是早早烙在我的心里的。那时，我是个性格极其内向的女生，家境清贫，自卑是写在脸上的。羡慕过家住镇上的同学，他们穿整洁的衣，说话大声，走路张扬，永远青春蓬发的模样。他们住在黛瓦粉墙木板门的房子里，青石板铺就的巷道，走上去，幽深幽深的，像古典的梦。黄昏时分，整个巷道上空，飘着好闻的饭菜香，与我的乡下是多么不同。我拿不出什么可以示人的东西，唯有埋头苦读，用成绩来说话。

忧伤时不时来袭，莫名的。看着满地的落花，想掉泪。对着将逝的黄昏，想逃离。多年后，我才知道，那是青春必经的道路——敏感、脆弱，易感伤。那个时候，我常跑去学校门前的小河边。河岸上，长满野花野草，无人光顾，它们照旧喜眉喜眼地生长。清洌的河水，在微风的吹拂下，笑出好看的波纹。天空中，有鸟成群飞过，快乐的啁啾声，洒落下来。我变得安静，忘了忧伤。那时不懂，生命原是各各按自己的样子活着，只觉得，自己仿佛也变成一朵花，一棵草，一只鸟，甚或是，一瓢清浅。

又一年泡桐花开，紫色的小花，小伞似的，撑了一树又一树。市里举办中学生作文竞赛，校长在全校师生大会上许诺，谁拿到第一名，就请谁的父母来，给佩戴上大红花。我听得心中涟漪四起，暗地里悄悄用功，想着，一定要让我那大字不识一个的母亲，胸上别上大红花。

结果，我真的拿了第一名，全校沸腾。我回家，故意不动声色，只对母亲说，妈，学校让你去一趟。母亲当时正在桑树地里除草，碧绿的桑，是春蚕的希望。母亲听到我的话，脸暗了暗，她直起身来，揉着弯疼的腰问我，你闯祸了？

我赶紧回，没。

那学校做什么要我去？母亲觉得不可思议。地里的庄稼活离不开她，再说，她也从没出过远门，去镇上，可算是她去得最远的地方。但最终，母亲还是同意跟我去学校，走之前，她用布袋包了几只鸡蛋揣上，——母亲还是担心我在学校出了事，她想用鸡蛋去跟老师打招呼。

母亲被校长迎上主席台，胸前给佩上大红花。母亲一下子手足无措起来，她本能地谦让，这个我不要，你们戴你们戴。校长按住母亲的手，亲切地说，这是你女儿的荣誉，感谢你生了个好女儿，作文竞赛得了第一名，为我们学校争光了。母亲终于明白过来，她局促地笑了，笑出两眶泪。泡桐花的影子，在她黑瘦的脸上荡漾。那一刻，我黑瘦的母亲，美丽得无与伦比。

赢　家

我爸最近爱说一句口头禅，我赚了。

别以为老爷子发了什么意外横财。一个七十多岁的老农，守在家里的三分地上，种点蔬菜粮食，能发财到哪里去？我清楚地知道，我爸的口袋里，从来不会超过二百块。

我爸却满足得很，走哪里都乐呵呵的，说，我赚了。按我爸的说法是，过去没柴烧，现在有了。过去没饭吃，现在就恨肚子装不下。过去没衣裳穿，现在多得穿不了了。过去住茅草屋，现在住上砖瓦房了。——这，当然是赚了。

我们兄妹几个一起归家，我爸最开心。他去地里拔了青菜，又拔萝卜。他一手举青菜，一手举萝卜，得意地对我们说，我种的。瞧，长得多好！我赚了啊！

青菜烧豆腐。萝卜烧肉。一家人坐下来，平日极少沾酒的我爸，这时，必满上一杯，轻酌慢饮。酒未醉人人自醉，我爸笑眯眯地看看这个孩子，望望那个孩子，醉眼蒙眬，感叹道，这日子多幸福啊，我真是赚了。

我们懂他的意思，四个儿女，个个健全安康。虽没有大富大贵，却都善良本分，能把寻常的小日子，过得有声有色。对我爸来说，这就是他最大的收成。

他跟我们聊起村子里的人和事。记得福立吗？比我还小几岁呢，前些天得病走了，走的时候，床边没一个人，我爸摇头叹。福立真是苦了一辈子啊，招了个上门女婿，平日里对他非打即骂，他一辈子没吃过好的没穿过好的，就这么走了。世事无常，我爸陷入到一层深深的忧伤里。但随后他又开心起来，他呷一口酒，看看我们这个，望望我们那个，幸福满满地说，比起福立来说，我赚多了，我的儿女个个孝顺。

又聊到朝平。朝平跟我爸是同龄人，膝下只有一个儿子。朝平的儿子出息了，如今定居在美国。但我一点都不羡慕朝平，我爸说，他不如我幸福，有个头疼脑热的，身边也没个人照应。哪像我这么有福，逢年过节，我的儿女都能回来看我。——这么一算账，我爸的确又赚了。

聊到和我们从小一起长大的邻居四小，我们都感慨不已。四小从小聪明，有生意头脑。成年后，南下广州做生意，一度辉煌闪耀，回到村子里，翻盖了三层楼房，很是鹤立鸡群。但他竟不走正道，偷偷贩毒，被抓了，判了个无期。我爸说，四小出了这档事，他的爹娘在村子里再抬不起头来了。你们都好好的，我就赚了，我爸最后总结道。

带我爸去北京。一路之上，他一直念念叨叨，说他赚大了。你想啊，村子里那么多人，谁能像我这样，又是坐火车又是坐飞机的，还看天安门爬长城？他们一辈子都不知道，天安门的门是朝南还是朝北呢。我赚大了，死了也闭眼睛了，我爸逢人便告。

现在，老爷子的身子骨还很硬朗，能骑着电瓶车载着我妈，到几十里外的老街上吃了早点再回家。我爸觉得，他赚了。一生的艰难困苦，那都可以忽略不计的。我爸憧憬道，日子还会越来越好。

看看我爸，再想想我们，有坚固的屋檐庇佑风雨。有稳妥的工作滋养日子。有明亮的眼睛可以抬头看天，低头见花。有健康的双腿可以健步如飞，四处游走。人生中得到的，永远比失去的多。这么一想，我们其实都是赢家。

一件红毛衣

他走进那条铺着碎砖的小巷的时候，脚步有些犹疑。今天他本不打算来的，他有点头晕，想赖在家里歇歇。又想着，来与不来，有时区别也不大，顶多是陪她坐一会儿，之间也没什么话。但最终，他还是来了。都五六年了，这成了习惯，每天傍晚，他必到她这边来，看看她，稍坐一会儿，回去觉才睡得踏实。

春天了，巷道两边的玉兰花，满枝丫地怒放着，每一朵都鼓鼓的，像少年鼓鼓的额。这是花的好年华，青春年少，无可匹敌。他愣愣地看着那些花，心底袭上一丝悲凉，他老了，她更老了。

有人过世了，那户人家门上挂着白布。他先是一惊，在心里揣测着，是谁呢？是不是整天坐在玉兰树下的那个老人？老人又聋又瞎了，却偏要守在那里，像根枯了的老藤，等着远方的儿子归来。儿子有一年出门做生意，再也没回来。老人望眼欲穿，一年又一年。

他几乎扛不住那份悲凉，加紧了脚步，他要快点见到她。

第一次有这么强烈的感觉，他真怕失去她。

早些年，她一直不肯来城里，固守着一个人的老家，直到她再也无力照顾自己。媳妇不待见她，嫌她的衰老，和脏。她其实是个顶顶干净的人，穷苦年代，他身上的衣裳虽旧，但都被她拾掇得清香整洁。三间茅草房，也总是被她收拾得一尘不染。现在她老了，还是爱干净，衣服熨帖得有棱有角。头上稀疏的白发，抿得纹丝不乱。但媳妇就是容不下她，她喝过的水杯，媳妇当着她的面，扔到垃圾桶里。她吃过的碗筷，媳妇让她搁到一边去。她讪讪地，坐也不是，站也不是，背过媳妇，她求他，儿啊，让妈搬出去住吧。

他寻寻觅觅，终于觅到这条小巷，在城乡结合处，远离喧闹，视野开阔。他给她租下一居室。她屋前屋后看，笑着说，好啊，我又有个家了。这句话，让他的泪差点掉下来，——老家早就拆除了，她回不去了。

她在租住房里种菜，种在碗里，种在脸盆里。有葱有韭，还有青菜和芫荽。不过十天半月，她的门前屋后，就成了蔬菜们的天下。他来，她给他做韭菜炒鸡蛋，给他烙葱饼，给他拌芫荽，——这些，都是他从小就爱吃的。他的舌尖上，满满的，便都是故土和从前的味道。他的记忆，开始汹涌澎湃。

父亲过世那年，他正念小学五年级。他看着空落落的家，和单薄瘦弱的她，几乎在一夜间长大，执意要退学，回家陪她。她少见地发火了，一路拖着他去学校，在教室门口，她一字一顿对他说，你只要念好你的书就行了！那个时候，她还年轻着，头发乌黑，唇红齿白，再嫁的机会多，然她一一回绝。

她说，这辈子她只想和他在一起。她一个人撑着穷家，在二亩地里摸打滚爬，供他念书，一路念到大学，并在城里安了家。

现在，她老了，头上稀疏的发，再也找不着一根黑的了。牙也掉得差不多了，说话不关风，看到他，总是欢天喜地叫他乳名，小豆豆。蹒跚着给他做韭菜炒鸡蛋吃。她做的菜已大不如前，不是淡了，便是咸了。他装着很乐意吃的样子，大口大口地吃。她便心满意足得很，他喜欢吃，就是她最大的幸福。

她的记忆越来越不行了。他起初并未在意，人老了，记忆总是要衰退的。然而有一天，他来，她竟不认识他了。他盯着她混浊的眼睛说，妈，我是小豆豆啊。她恍然大悟，脸上立即笑出许多快乐的波浪来，拉着他的手，高兴地说，小豆豆，你放学啦？妈这就给你做饭去。

她变得爱藏东西，水果糕点，无一不藏。甚至饭桌上吃的菜，她也趁保姆不注意，把它全倒在衣兜里，藏到床底下。他某天亲眼见她忙着把一袋饼干，从柜子里，移到枕头下。又从枕头下，移到一个纸箱子里。他不解地问，妈，你这是做什么呢？她只神秘地笑，不答。等把纸箱子在角落里终于藏好，她才悄声告诉他，我怕有人偷吃，这是留给我家小豆豆的。

这会儿，他终于走到她这里。屋子里的景象把他吓了一跳，只见床上地上，到处都撒落着旧衣裳。她正趴在一堆旧衣裳里翻找，一边焦急地说，怎么不见了？保姆生气地上前告状，说，老太太翻箱倒柜在找一件红毛衣，我怎么拦也拦不住。

他蹲下身去，温柔地问她，妈，你找红毛衣做什么呢？她喃喃说，我要拆掉织了给小豆豆穿呀，小豆豆明儿个要去县上领奖呢。

他的心，像被一把小锤猛地锤了一下，疼得慌。那年，他念初中二年级，参加县里作文竞赛，得了一等奖。他被告知，要去县上参加颁奖大会。他看着自己的一身破衣裳，犯了愁。她得知，安慰他，别急，妈有办法，妈会把你打扮得漂漂亮亮的。她翻出压在箱底的一件红毛衣，那是她的嫁衣，她一直舍不得穿。她轻轻抚着那件红毛衣，脸上的表情，柔和生动。——她一定想起属于她的最美时光，和最深的眷恋，那是多年后，他才意识到的。

她很快把红毛衣拆了，不眠不休，给他赶制出一件新毛衣。他穿着她织的红毛衣，登上了领奖台，把一个少年的自信，和最璀璨的笑容，映在台下无数双眼睛里。

他咽下要喷涌而出的泪，转身出门，买来一件红毛衣。她摸着红毛衣，哎呀一声，欢喜不迭地说，原来你在这里啊。她在保姆的协助下，拆了毛衣，开始一针一针织。她的手指早已不复当年的灵活，而变得粗糙僵硬，每织一针，都要费很大的劲，她却锲而不舍，神情专注安详。许久，她才发现一直在看着她的他，抬头好奇地问，你是哪个？他哽咽着答，妈，我是小豆豆。她笑了，哦，小豆豆啊，你别急，妈妈马上就能织好了。他答，哦，好的，妈妈。六十二岁的他，坐在八十六岁的她的身边，心安且静。时光像橹摇的一只小船，缓缓地，缓缓地摇过去，吱吱哑哑，留一地轻歌曼唱。岁月已无情地掠夺走她的年轻、美丽和健康，唯一夺不走的，是一个母亲，深沉的爱。

捡拾幸福

我上下班，常要从一条小巷过。有时骑车。有时乘车。也偶尔，会步行。

小巷很有些年岁了，两边的房都泛着灰。大多数是老式平房，有天井纵深。朝向巷道的一面，开着小店，卖些杂七杂八的日常生活用品。还有蛋糕店、馒头店、卤菜店、理发店、水果店、裁缝店，和一家报亭等。一些小摊见缝插针摆在路边，是些乡下农人来卖时令果蔬的。蚕豆上市了卖蚕豆。草莓上市了卖草莓。青菜上市了卖青菜。来自山东卖炒货的一对老夫妇，在一幢房的边上，搭了棚屋住，一住就是二十多年。炒货一袋袋，香喷喷，摆在棚屋门口卖。那里的空气中，便常拌着炒货的香。

巷道边上，长着成年的海桐、合欢、荷花玉兰和栾树，绿荫如顶。人是有福的，大多数时候，抬头就能见花。白，或红，大团的，或大朵的，总是不知疲倦地开。只是日日相见，我们多的是熟视无睹。步履匆匆，花白花红，不落一点

这个寻常的秋日午后，我捡拾到了大捧的幸福，那是一只橘子的幸福。一缕阳光的幸福。一抹口红的幸福。一朵笑声的幸福。几只芋头的幸福。一捧红蒴果的幸福。一盆玉簪的幸福。是这个恋恋红尘中活着的幸福。

到心里。

那日，我又经过小巷，照例行色匆匆。我走过一家小店，又一家小店，无意中一瞥，看见卖炒货的那对老夫妇，正守着他们的炒货摊，在合吃一只橘。午后三四点，风轻云淡，客少人稀，这清闲的一段时光，是属于他们的。他们肩并肩坐在那儿，你一瓣橘，我一瓣橘，吃得幸福满满的，脸上是闲花落尽后的安然。

我被他们手中的一只橘子击中，傻傻地看他们，看得眼睛微湿。我望见了这个尘世间最朴质的相守，无关山盟，无关海誓，无关富贵荣华，只要稍稍转过头来，你就能望见我，我就能望见你。

再看眼前的寻常，突然变得样样生动。那些旧的房，是生动的。一缕阳光斜斜地打在上面，波光粼粼，如小鱼在跳舞；守着小摊卖水果的女人，是生动的。唇上一抹红，印在她黝黑的脸上，分外夺目。显然，她是抹过口红的；有孩子的笑声，从幽深的天井里传出来，清脆丁零，是生动的。他在玩什么游戏呢？童年时光，寸寸金色；乡下来卖果蔬的老农，是生动的。他半蹲着，笑眯眯看街景，脚跟边，堆一堆新鲜的芋头。我买几只，想回家做芋头羹吃。他帮我挑拣大个的，殷殷说，全是地里长的呢。为他这一句，我笑了半天。

还有那些树，是生动的。我稍一仰头，就与一捧一捧的红蒴果相逢。那是栾树的果，望过去，像纸叠的红灯笼。它把生命的明艳，一丝不苟地写在秋的册页上。

迎面走过来的女孩，是生动的。她手捧一盆新买的玉簪，且走且乐，脚步轻盈，眉目飞扬。

我不再急着赶路，而是慢慢走，微笑着看。看天，看地，看树，看花，看人。我像踩着一朵云在走，心里充盈着说不出的美好。这个寻常的秋日午后，我捡拾到了大捧的幸福，那是一只橘子的幸福。一缕阳光的幸福。一抹口红的幸福。一朵笑声的幸福。几只芋头的幸福。一捧红蒴果的幸福。一盆玉簪的幸福。是这个恋恋红尘中活着的幸福。

草在笑

一

陪一个四五岁的孩子在草地上玩。天气晴好，熏风送暖。

孩子突然说，草在笑呀。

我一愣，低头看向那些草，细眉细眼的，果真像是在笑。

那么，花也在笑。树也在笑。风也在笑。云也在笑。……为什么不呢！

天空和大地，到处布满微笑的眼睛，只是我们视而不见。

二

功成名就的朋友不断对我诉苦，他是多么忙多么累，整天身不由己，家里家外，事无巨细。

我建议，告假几日，关掉手机，去一处有山有水的陌生地，住下。那几日，只关乎自然山水，不关乎世间名利得失，看看怎样。

事实上，太阳会照旧升起，地球会照旧在转。你不在的日子，花依旧在开，大家的饭照常在吃。

亲爱的，你真的没有你想的那么重要。所以，不必背负太多的包裹，不妨学会放下。

三

一老者拿着自制的毫笔，蘸水在公园的一面墙上写字，一会儿行书，一会儿草书。风一吹，墙上的字迹很快没影儿了。

围观者众，大家探究地看着老人挥笔，频频相问，这是做什么呢？是要参加书法比赛吗？

老人起初不答，只一心一意写他的字，脸上的神情，惬意而满足。后来，实在架不住众人围观，老人停下笔，淡淡说，没什么，只是练字玩。

众人惊奇地“啊”一声，继而笑了。这个答案太出乎他们意料了，却是唯一的最完美的，无关身外事，只遵从内心，简单，透明，纯粹。

四

突遇家庭变故的孩子，瘫痪在床，生活维艰，天空黑暗。

经媒体报道，这个孩子得到社会各方面的捐助。

后来，有媒体上门采访，问这孩子，最令他感动和难忘的事是什么。

孩子沉默了一会，从贴身的口袋里，掏出一封信。信来自一个女人之手，信中写道：

孩子，无意中看到你的遭遇，心疼你。我也刚经过一场不幸，现在在外打工，还没有钱可以捐给你，但我，可以把微笑送给你。孩子，每天要记得笑一笑啊，明天会更好！

孩子说，每天，他都会掏出这封信来看一看，笑一笑，心就暖了。

媒体为之震惊。

慈善不等于就是捐钱捐物。有时，心怀怜悯，能够送人微笑和温暖，也是慈善。

五

和一个刚参加工作不久的女孩聊天，她曾是我的学生。

女孩在一家大型企业里做事。同事欺生，常指使她做跑腿的活，每日里负责帮他们叫外卖，帮他们送信件，帮他们去超市里买这买那。甚至，帮他们擦桌子，倒茶水。她忧伤且有些激愤地说，社会真复杂，她无法做到强大。

我告诉她，真正的强大，是内心的强大。现在你做这些跑腿的活，就当是在锻炼自己的意志，和耐性，为你的强大做准备。

又，生命短暂到用指头数几数，也就没了。一生中，你有多少时间可以相守？所以，珍惜，别浪费。而抱怨、生气、烦恼、仇恨等，无疑是在浪费生命，浪费自己。学会宽容，宽容地对待这个社会，对待自己，你就会无往而不胜。

岁月的年轮

母亲突然地变得胆小了。

比方说，天一黑，她就不敢到屋外去。哪怕是在自家家门口，也只是从这间屋子，走到另一间屋子去。而从前，她常常是独自一人，顶着星星，在地里拾棉花，有时能拾上大半夜，浑身落满露珠的清凉。

再比方说，睡觉时她不敢面朝着窗户。窗帘挡得再严实，她也不敢。而从前，破房子里，处处漏风，她挡在外面，像棵大树似的，替我们抵御风寒。

再再比方说，在她住了一辈子的村庄里，她也会迷路，再不敢擅自外出。而从前，弟弟远在南京上学，从未出过远门的她，挎着一大包她做的糯米饼，一个人摸过去，几经辗转，准确无误地抵达弟弟学校门口。

母亲好像在一夕间老下去，她怯弱得近乎懦弱了。她走路小心翼翼。说话小心翼翼。连微笑，也是小心翼翼的。哪里的一声声响，都会惊吓到她。谁的声音稍稍抬高一些，她也会害怕。而从前，她脚下生风，嗓门比谁的都高。和隔壁邻居吵架，她能吵上大半天，硬是把那个五大三粗的邻居，骂得缩回屋子去。

她患了小感冒，头晕目眩，吃不下饭，便以为活不成了，让父亲十万火急招我们兄妹回家。她一脸戚容，躺在病床上，对着我们哭，哭得凄惶极了，雨打风催般的，仿佛生离死别。而从前，她发着高烧，也还能挑着百十斤的担子，在田埂道上健步如飞。割水稻时，没留心，一刀下去，恨不得剜下她腿上一大块的肉，血流如注。她也只是皱皱眉头，一滴泪也没有掉。

带她进城对身体做全面检查。她亦步亦趋跟着我，碎碎念，乖乖呀，给你添麻烦了，给你添麻烦了。检查的片子很快出来了，母亲很紧张，她蜷缩在我身后，眼巴巴瞅着医生。医生拿着她新拍的片子，上看看，下看看，然后慢条斯理说，老人家，你只是感冒了，有点小炎症。你身体好着呢，没啥别的毛病。

母亲不相信地看着医生。医生说，我给你开点消炎药，你吃吃就好了。母亲很乖地点头，使劲点头，她脸上的笑容，像迎春花触着春风，一点一点张开来。她高兴地对我说，医生说我没病呢。

留母亲在我家小住。母亲起初不肯，她放心不下家里的四只羊，两只鸡，一条狗，还有我父亲。你爸一个人在家呢，母亲说。像把一个小小孩丢在家里，她愧疚得很。我们有事要出门去，母亲赶紧跟过来，抢着开门。我说你这是干吗呢？母亲语气坚定地说，我要跟你们出去。我觉得好笑，我说，我们一会就回来的。母亲却很固执，一定要跟着。拗不过她，只好带上她。在路上，母亲终于说出她的心声，一个人在你们家，我怕。我万分惊讶，我说大白天的，你怕什么呢？何况这是我家啊。母亲不好意思地笑了，小声嘟哝，我也不知道，我就是怕。

母亲的爱好不多，她不爱看电视，不爱听音乐，又不识字，书报也看不懂。她只能干坐在我的阳台上，晒太阳，一边望楼下经过的车，一辆一辆地数。我怕她闷得慌，抽空陪她聊天，聊聊村子里新近发生的事，聊聊从前。母亲显得很欢喜，话也多起来，是鱼儿终归大海的样子。说到兴头上，却突然止了，很担心地问我，我没耽误你的时间吧？

夜晚，城里的灯火，才刚刚盛开，母亲就说要睡了。我安排她睡下，给她塞好被子。她不放心地探出头来问，你不会再出去吧？我答，不出去的，我就守在这里。母亲满意地躺下，笑笑的，笑着笑着，就睡熟了。灯光洒在母亲脸上，像洒下一层橘子粉，母亲那张皱纹密布的脸，看上去又天真又纯净。

我轻轻关了灯，想着，等天亮了，就带她去吃她喜欢吃的自助餐，想吃多少就吃多少。在岁月的年轮中，母亲早已走过她的花木葱茏，回到生命的最初。从现在起，我要把她当孩子来宠。

生命是用来爱和珍惜的

1. 这世上，总有比苦难更大的苦难，比厄运更大的厄运。你无房无车，以为不幸，可是有缺衣少食的，比你更不幸；你不甘心平淡庸常，总觉得怀才不遇，上天待你太薄，可是有家庭突遭罹难的，动荡不休，最大的愿望，是过上你那平淡庸常的日子；害眼疾的，远胜过断臂断腿的；断臂断腿的，又远胜过卧床不起的。总有更坏的结局存在，而你拥有的，永远不是那个最坏的。所以，庆幸。释然。而后，自我满足。

2. 别忽略了生活中那些细微的给予，一个微笑，一句问候，一声谢谢，一把雨伞，一杯热茶，一碗米饭……它们或许微不足道，然恰恰正是这些微小的光亮，温暖了我们的人生。

3. 你错过了桃花的盛开，不能再错过荷花的吐香。你错过了日出的壮美，不能再错过月升的恬静。人生经得起几番错过？有时，错过一季，也许就错过了一生。

4. 趁着还有力气行走的时候，多走走吧，别辜负了你的眼睛和耳朵，别辜负了那些好山好水。人生的行囊里，不单要装事业和成就，还要装上清风和明月，花朵和鸟鸣，这样，我们的人生，才会变得丰盈。

5. 有些纷争，其结果只是让自己受到伤害，得不偿失，何苦来哉？不如和解。与自己和解，与他人和解，与这个世界和解。有时，适当的妥协，不是懦弱，而是懂得珍惜和爱。

6. 与其总等着别人来敲门，不如先把自己的门打开。风请进来吧。阳光请进来吧。你收获到的，将不单单是他人的造访，还有爱和温暖的眷顾。

7. 所有的相遇，都是隆重的，是生命中注定的一场约会。你没有走岔掉，你刚好来到这里。

8. 世上之人，各有各的岁月要守，各有各的悲欢离合，喜悦安乐。所以，不羡艳，不自卑。你在你的世界里繁华，我在我的世界里盛开。

9. 什么是奇迹啊？对于我们绝大多数寻常人来说，奇迹就是你没有被你打败，你战胜了你自己。

10. 只要你愿意，你可以替一朵花微笑。替一朵云微笑。替一缕风微笑。替一泓水微笑。当你微笑起来，你会发现，整个世界都在微笑。

11. 每个人的背后，都有人说好，也有人说不好。如果人人都喜欢你，你是神，不是人。所以，不必太在意别人的评价，做好你自己，足够了。说到底，活是一件很自我的事。

12. 一些人来，一些人走。陌生成为熟悉。熟悉成为陌生。往来斯去，无一终止。不遗憾。不悲伤。所有的，不过自然常态。爱，或者不爱，也是自然的事。记住，或者遗忘，亦是一场自然。

13. 真正的强大，是内心的强大，无欲则刚。当你能够彻底放下名利得失、恩爱情仇，你就真的无所畏惧，所向披靡。

14. 生命是用来爱和珍惜的，而不是用来抱怨、仇恨和浪费的。

送自己一朵微笑

有些事情，其实我们很容易就能做到。

比如，送自己一朵微笑。

一朵，刚刚好。就像一枝带露的玫瑰，散发出清晨特有的清香和甜蜜。又像春天枝头刚爆出的一朵新芽，柔软且纯真。

美好的一天，是从清晨开始的。第一缕晨雾。第一片阳光。第一声鸟鸣。第一袭花香。——这一些，无不是崭新的。而你，从黑夜里泅渡过来，沐浴着新的生命的光泽，便也是一个全新的你了。多么值得庆幸，你又迎来光明的一天。

为什么不送自己一朵微笑呢？

来，对着镜子。

若是没有镜子，就对着一面窗玻璃吧。

若是没有窗玻璃，哪怕对着空气也行。眉毛弯弯，嘴角上扬，一朵微笑的花，就开在你的脸上了。你的心田里，会充溢着一朵芬芳。

享受这朵芬芳吧。你会发现，门前掠过的车声人语，要比往日的动听。家里长着的那盆植物，要比往日的葱茏。简单的早餐吃在嘴里，也比往日的滋味绵长。普通的衣穿在身上，也比往日的合体熨帖。而你，真的有些不一样了呢，你容光焕发，步履轻盈，眼中所见到的，都仿佛镶着一对会笑的眼。你跃跃着，想对这个世界打声招呼："嗨，你好早晨。"

扣上门，上班去。你的嘴角，还是上扬的。看树，树在笑。看草，草在笑。陌生人相遇，也都是友善的。谁会对一个微笑着的人施以颜色呢？不会的。你从来没有觉得，这个世界，原来是这样的温和可亲。

每天必走的路，是厌倦过的。可是，今天却大不相同了。车窗外掠过的房屋、街道和行人，肩上都落着晨曦的光芒，看上去又温暖又美好。一些熟悉的街景，也有着说不出的温馨。一棵法国梧桐，站在一家卖小饰物的小店门口，树又高大又茂密，像撑着把绿色大伞。小店的名字这回你看清了，叫，转角微笑。你为这个名字暗暗叫好。想象着起这个名字的主人，一定总是嘴角含笑，满面春风。卖早点的摊子前，坐着三五个客人，馄饨或是面条上面，荡着一层晨雾般的热气。还有那个烧饼炉子，守着它的，竟是一个长相不错的女人。烧饼出炉了，买烧饼的人排成了队。你想象着那种香。每日里能与这种香相亲相爱，也是福分。修鞋的师傅开始出摊了，他把摊子摆在一棵合欢的下面，暂无生意，他坐在矮凳上，双手拢起，笑嘻嘻地看街景。那棵合欢，夏天连

你带着喜悦的心情，开始你一天的工作。你意外地发现，你的一颗心里，不再有抱怨，只有欢喜，鸟鸣雀叫，繁花似锦。寻常的每一天，原都是好日子。

着秋天，都在开着花。一树的粉艳，把俗世的寻常，映得天晴日暖。你第一次充满感激，熟悉的东西无有改变，也是一种恩赐。都还在着呢，便是安慰。

你就这样一路走，一路看着、想着，有再相逢的喜悦。以前觉得漫长无趣的上班路，变得短暂又好玩了。你带着这样的心情，开始你一天的工作。你意外地发现，你的一颗心里，不再有抱怨，只有欢喜，鸟鸣雀叫，繁花似锦。寻常的每一天，原都是好日子。

NO.5 我已在这里，坐落千年

人间的羊卓

从海拔高5030米的甘巴拉山口下来，远远就望见了一枚蓝，像块蓝宝石似的，镶嵌在喜马拉雅群山之中。又似一根蓝色绸带，系在山腰间。导游小闫宣布，羊卓雍错到了。

羊卓雍错，在藏语里是“碧玉湖”“天鹅池”的意思。它是西藏的“三大圣湖”之一，是喜马拉雅山北麓最大的内陆湖。因汊口较多，像珊瑚枝一样，藏人又称它为“上面的珊瑚湖”。

一车人激动起来，啊啊啊大叫，手舞足蹈，恨不得立即跳下车去。司机见多这样的场景，他笑了，慢条斯理说，别急，车可以停到湖边去的。

真的靠近了。眼睛和心，立即被蓝填满。那是怎样的一汪一汪蓝啊，比天空的蓝更深邃，比大海的蓝更醇厚，蓝得一心一意，蓝得彻彻底底。仿佛蓝缎子似的，在阳光下抖开，风华绝代。又如凝脂，蓝的凝脂，细腻圆润。我的耳边响起当地民歌：天上的仙境，人间的羊卓。天上的繁星，湖畔的牛羊。

天空蔚蓝，白云几朵，与蓝的湖相互辉映，摄人魂魄。

这片湖，这片蓝，将几回回梦里相见？

人间的羊卓美得高不可攀，这才保持了它的本真。如佛祖流下的一滴泪，永远纯洁晶莹在那里。

湖这面有高高的草甸，碧绿的草，密密匝匝。湖对面有像版画似的山，山脚下绕着绿的青稞黄的菜花。天空蔚蓝，白云几朵，与蓝的湖相互辉映，摄人魂魄。我的高原反应激烈，呼吸渐感困难，但我还是坚持下了车，手脚并用爬上湖边的草甸。

草甸上，一群忘乎所以的游客，在清冷的风中载歌载舞。然歌声也只响亮了一会，便停息下来，高原氧气不足，实在不宜大声。那么，就静静的罢，我坐在草甸上，面对着温润如玉的湖，有一刻，我不能相信自己，真的就来到了这个地方。是我吗？是我吗？我这么问自己。浩渺的宇宙中，我也是一个存在，如这片海拔高4441米的湖。我为这个存在，感动得双眼蓄满泪。

我的身旁，出现了两个十八九岁的男孩，他们戴着头盔，腿上绑着护膝，脸庞黝黑，风尘仆仆。他们先是怔怔地望着这片湖，尔后，双膝突然跪下，对着这片湖，哭了。

我从交谈中得知，这两个孩子是武汉某大学一年级学生，对西藏一直很神往。暑假前，同宿舍五六个人一合计，决定骑车进藏。途中，有四个同学先后撤退，剩下他们两个。为了省钱，他们没住过一天旅舍，没进过一次饭店，困了，就睡在随身带的睡袋里，饿了，就吃一些饼干或是方便面。也曾想过放弃，但却心有不甘，神圣的土地就在前方，他们一定要踏上它，也算完成人生的一次挑战。最后，在历经一个月零六天之后，他们终于到达拉萨，到达这里。

我祝福了他们。我想，他们吃得了这样的苦，将来的人生，还有什么坎不能迈过去呢？

风凉，湖边不能久待，短暂的会晤，我们不得不离开。我们各自上路，萍水相逢，却有了共同的思念，这片湖，这片蓝，将几回回梦里相见？

同行中有人叹，真想在这湖边搭一座小木屋，日日与这美丽的湖相伴。立即有人接话了，这么高的海拔，你待一会可以，待上十天八天的，怕是小命早没了。我在一旁听得高兴，这真是好，它美得高不可攀，这才保持了它的本真。如佛祖流下的一滴泪，永远纯洁晶莹在那里。

一日崇明

想去崇明岛看看，也便去了。

不识路，绕过许多的弯。却不怕迷路，因为正好可以四处闲看。秋深时哪里的风景，都是一抓一大把。譬如乡村，田野里的水稻收割后，地里留一地金黄的茬茬，像铺着金黄的毯子。柿子树上的柿子，农人们懒得摘，一任它挂着。满树的叶落尽，只剩红彤彤的果子，远观去，一树的红宝石似的，特别入得画。野菊花们东一簇西一簇的，扎着堆儿，似在窃窃私语。遇到一片茅花地，雪一样的白。风吹过，所有的茅花，都跳起舞来，像下着一场鹅毛雪。

我们到达崇明岛时，天色已晚。夕阳正拖着橘色的长尾巴，从一些树梢上滑过。在通往去崇明县城所在地城桥镇的路上，偶有车辆驶过，划破一岛的宁静。路两边全是密密的林子，不见人家。夕阳的尾巴，也终于消失在西边天的江里面，路边的林子，变得高大起来，神秘不可测，跟一座座小山似的，与黑夜融为一体。

事实上，崇明岛没有山。它是长江的入海口，被誉为“长江门户、东海瀛洲”，一面环海，三面环江。岛上植物密布，品种数不胜数。整个崇明岛，就是一座巨大的天然氧吧。

夜晚的城桥镇，也是灯火明亮的。街道两旁少有高层建筑，路上的行人不多，三三两两。摆夜摊的，在晚上八九点才出来，卖些衣物小挂件之类的。我们从街南转到街北，从街东转到街西，恍惚走进江南随便一座小镇。

住江边小屋。夜里下起雨，雨急风狂。江水奔涌的声音，历历在耳，咆哮着，仿佛要把整个小岛给掀了。掀却是掀不掉的，小岛历经1300多年，是个老人了，泥沙堆积，根基牢固，是目前世界上最大的沙岛。

睡在床上，听窗外雨打风吹，江水奔腾，感觉自己像睡在一艘小船上。可不是，崇明岛就是泊在江里的一艘船啊。思绪不免漫天游走，最初的最初，是哪个渔民，在江里打鱼，来此歇脚，搭棚居住？他爱上这片岛屿，随后把心爱的女人也带来了，燃起第一缕人间烟火。从此，他们在岛上生儿育女，荒岛变成烟火凡尘。

早起，风有点飕飕的冷。昨夜一场风雨，似乎把秋给送走了。问旅店老板娘，崇明哪里好玩？老板娘大概极少遇到这么个无厘头的问题，想半天才说，好玩的地方啊，你们去江边看看吧。

去江边。风大。路边的风车转得呼啦啦，犹如驶过大型货车，害得我不时回头，怕有车过。哪里有？整个崇明岛，还安睡在梦里面。路的一侧植有一排排银杏，和柏树。木芙蓉一丛一丛，花已开过，余下一两点红，惊艳得很。

日出。眼见着鲜红的太阳，从江里腾跃出来，整个江面霎时被映照得波光流转，一片绯红。天空也是一片绯红，大江似的，波光流转。初升的太阳，在它们中间铺了一条霞光道，分不清谁是谁了。我信，这时的天空和大江，正相互走动，云走到江里，水走到天上。

太阳渐渐升高，天回到天上，江回到江上，崇明岛开始人声沸腾，江边陆陆续续有了游玩的人。当地做小生意的居民，一下子冒出那么多，卖毛脚蟹的，卖小鱼的，更多的是卖崇明的小吃——崇明糕和米团子的。刚出蒸笼的崇明糕，洁白暄软，诱惑着人的味蕾。

崇明糕的历史可谓源远流长。崇明的俗语里就有：自有崇明在宋朝，同龄就是崇明糕。糕的主要成分是糯米，里面掺和了大米，再加核桃、芝麻、桂花等，做成不同口味的，糯软，香甜。每一个到崇明的人，没有不品品崇明糕的。在崇明的大街小巷都有卖，八月十五的月亮似的，一斤一只，或是二斤一只。在一家店里，我还见到五斤一只的。

午饭后我们回头时，我买了不少的崇明糕，沉沉地提在手上，带回家送人。吃是其次的，分享才是最重要的。这是崇明的特色点心崇明糕啊，我这么介绍。一日崇明，就裹在这香甜糯软的糕点里了。

午时安昌

是在去沈园的路上，偶然听到摇橹的船夫跟游客在闲聊，安昌啊，那可是我们绍兴最地道的古镇了。仅这一句，便勾起我无限向往。我问，安昌在哪？船夫答，就在这附近啊，坐公交车十分钟就到了。心一喜，匆匆游完沈园，马不停蹄奔着安昌而去。

午时的安昌，有着喧闹中的宁静，像一扁舟，泊在那儿。风走，云走，它不走。它就在那里，承载着日月星辉，绵延千年。

一条河，当街横卧，街景便在这条河里铺陈：连成一片的翻轩骑楼。灰扑扑的廊棚。一盏一盏的红灯笼。最惹眼的，莫过于那廊下横梁上，晾着的一串串腊肠，黑里透亮，酱色浓郁。远观去，像垂着一幅幅黑色门帘似的。

走进去，内里乾坤大。青石板铺就的街道，一路延伸。这家酒楼，挨着那家作坊。胖胖的酒瓮蹲着，卖的是绍兴特产——黄酒。卖霉干菜的多，几乎家家门口，都搁着几大袋子霉干菜。老茶馆安在，桌椅都上了年纪了，几个当地老人在里面喝茶，眼睛闲闲地望向门外。门外的河里，偶有一两只乌篷船经过。摇橹的汉子不用手摇，用脚踩，他踩着那只乌篷船，轻盈盈的，向着一条拱桥去了。

听不到任何买卖的吆喝声，你只管一样一样地看吧，他们忙活着他们的，做酱鸭，灌香肠，扯白糖……凡尘俗世，食是天。抬头，视线里忽然撞进一个老人来，老人戴毡帽，着长衫，长髯飘飘，气定神闲地独坐在屋门口呷酒，面前两碟小菜。他的头顶上方，悬一酒幡，上书：宝麟酒家。我探头进去，屋内狭窄且破旧，全无酒楼四壁亮堂的景象。正疑惑着，老人突然开口了，眼光灼灼地看着我们问，要吃饭喔？只有我这里才能做出正宗的绍兴小吃来的。我们还未及答话，他又说下去，你们如果想要了解绍兴的风土人情，我这里都有，也只有我这里收藏得最全了。我笑了，他骄傲得跟块活化石似的，怕也是安昌“特产”呢。后来得知，他果真是安昌“特产”，是安昌的“名片”，名叫沈宝麟，对安昌的历史，如数家珍，上过好几回电视的。

逢到一箍桶铺。铺里除了老师傅外，还有个二十来岁的年轻人。他们曲着腰，埋着头，拿锤子不停地凿着桶盘的毛坯。门口摆着一只只做好的木桶，大大小小，桶身锃亮。婚嫁老习俗流传多久了？说不清的。祖上的祖上，就是这么做的，姑娘出嫁，嫁妆里，少不了几只木桶，其中至关重要的，是子孙桶。这桶，既要做得结实，又要做得漂亮，人家是要当传家宝，传给子孙后代的。我们站着看了很久，他们一直没抬头，专注地在桶盘上打磨，直磨得木头如同玉石般光洁，——他们把箍桶的活儿，当做艺术在做。忽然感动了，有坚守在，一些传统才不会走丢。

扯白糖算得上是安昌一绝，三里长街上，扯白糖的大师比比皆是。七十五岁的老人陈师傅，在家门口扯白糖，瘦削的一个人，竟把白糖扯出丈把长，跟舞台上的优伶甩水袖似的。我们看呆了，夸他，您真了不得。他笑，这没什么，我打小就会扯的。我扯的白糖好吃，绵，劲道，老人夸他的白糖。这么夸糖的真够新鲜，我们乐得掏钱买他的扯白糖。买一袋，再买一袋，绵白绵白的，捧在怀里，把一份悠远古老的甜蜜，也一同揣进怀里面。

遇到一年轻女人，独自背着包在逛，这儿摸摸，那儿碰碰，很贪恋的样子。在一座石桥上，她拿了相机，请我们帮她拍张照片。她倚着桥栏，笑得很好看。她的背后，是高低错落的骑楼。屋顶上，黛青的小瓦，井然有序地排列着。阳光泊在瓦楞上，鱼鳞似的跳跃着。檐下成串的腊肠，油黑饱满，把纯朴的古风，扯得悠长悠长的。

我已在这里，坐落千年

去甪直，一个人。

那时，我遇着一件烦心事，情绪有些低落，我只想找个陌生的地方，供我冥想，让我把不高兴的事儿，统统理清，埋葬掉。于是乎，我就到了甪直。

我住在那里的商务宾馆里。站窗口，可以望见楼下一条河，傍楼而过。河水清涟涟的，倒映着两岸的楼台房舍。河边一棵柳，被春风的手抚醒了，冒出点点新绿来，探头探脑的。看得我一阵欢喜，渐渐忘了不快。

我放好行李，出门，去找老街。在邮局门口，我瞥见烤山芋的炉子，在微凉的风中，冒着温暖香甜的气息。那种气息，让我如遇故人。我小愣了一下，走过去，买两只。跟烤山芋的妇人开玩笑，我说我都买过你好几回的烤山芋啦。妇人笑，说，是吗？她把秤杆给我翘得高高的，还抹去了零头，殷殷说，下次再来买啊。我答应，好啊。握着满手的香和暖，我乐着，一路乐着。

角直的老街离新街不远，有大红灯笼一路引过去，隔老远，就望见一座雕塑矗立在老街中央，那是独角神兽“角端”。传说中，神兽角端巡察四方，偶经过此处，看到这里风调雨顺，宁静祥和，觉得是块风水宝地，遂长期落脚与此。

角直的历史，悠久得有些像传说，2500多年前，此处就有人烟。唐朝之前，原叫甫里。唐朝之后，因河道呈“角”字形，甫里改称角直。水多，桥自然也多，老街有“桥都”之称。据说桥多时，一平方公里内，就有72座半。宋、元、明、清的都有，各领风骚。现存的仅41座，成了老街最有看头的地方。你从一座桥，走到另一座桥去，有时仅仅几步，却似乎已在时光的隧道里，行走了千百年。那些桥形态各异，大小不一，有拱着的，有平着的，有双孔的，有多孔的，有双桥连生的……你随便站一座桥上，看岸边垂柳，在风中轻拂。看两岸黛瓦木门，在水中轻荡。再亘远的岁月，也已抿成此刻的一段白日光。你只觉得好，因为你恰恰在这里，这段白日光，照耀着曾经，也照耀着你。千古之中，你也是那微小的一粒，单单为这个，就足以值得你感恩的了。

老街弄堂也多，多狭窄。两旁的骑楼，被岁月的烟火熏成了烟灰色，人在骑楼之上，与对面人可以伸手相握。从弄堂口望过去，窄窄的弄堂，像一口横放的井。店铺一家挨着一家，卖十字绣的，卖小首饰的，卖牛角梳的，还有穿古装拍照的……典型的江南古镇。然却自有它骨子里的静，是冬日煦阳穿堂来。极少的游人，三三两两走着，脚步轻轻。路边的店铺，没有一点吆喝声，店主人安静地坐着，看街。或是，手里在做着事，捏青团子啦，包小馄饨啦，磨牛角梳啦……随处可见奥灶面，三五块钱一碗，肉末子堆得尖尖的，好吃。千年古刹保圣寺门口，也是寂然一片。院内高大的银杏树上，撑着日光的影，闪闪烁烁。站老街的外围看过去，老街很像一幅绣好的十字绣。

夜里，雨下。早起，我冒雨再去老街。八九点了，老街还在睡梦中。许多的店铺尚未开门，弄堂里针掉地上，也听得见。我听着雨落在伞上，嗒嗒，嗒嗒，如春蚕私语，这么走着，又觉得欢喜了。在一拱桥上，我遇到一当地人，提着一捆碧绿的青菜，走过拱桥去。我望着她渐行渐远，她手里那捆碧绿，在雨雾中欢腾着、水灵着。她是回去做饭给一家人吃么？尘世烟火，原是这样的分明。

一家吃食小店开了门，我走进去，要一碗小馄饨。店内只有一妇人，她给我下好馄饨，便坐到一边去了。馄饨色泽如玉，味道极为鲜美，我慢慢吃，间或和妇人对望一眼，她看着我笑，我看着她笑。然后我们一齐望向门外，门外的小河里，雨在跳着小碎波。我想起一句歌词来，天青色等烟雨，而我在等你。我也似乎已在这里，坐落千年。

逢 简

逢简是一个小村庄，地处岭南，这奇特的地名，原是由两个姓氏演化而来，一姓逄，一姓简，后人笔误，把“逄”写成“逢”，久而久之，也就成了逢简。我倒极赞这样的笔误，逢简逢简，相逢简单，人生实在没有比这样的相逢更叫人欢喜的了。

逢简多水，以水开路，人家多逐水而居。河岸密布果木，芒果、龙眼、人参、番石榴、杨桃、香蕉，多不胜数，果实就那么累累缀着，也无人采摘，只当风景来赏。不期然的，你还能相遇到一棵大榕树或是鱼尾葵，枝干蓬勃得像一幢房，不用说，那都有上百年的历史了。三角梅热火朝天开着，也不知从哪朝哪代起，它们就那么开着，一小朵一小朵的粉，群集在一起，成惊心动魄，倒影在水里，像一群彩色的小鱼在游。尽管是深冬，一棵金桂也还在开着花，细碎浓甜的香，播撒在陈年的瓦楞间、河埠头。正暗自惊奇，陪同我的当地朋友瞥一眼它，很淡定地告诉我：“这是康熙皇帝当年御赐的。”

我还没回过神来，转身，看到一座桥，他说：“是宋代的呢。”再一座，弯曲如弓，三孔倒映着水波，绿树繁花的影子，在里面自在摇曳。他说：“这也是宋代的呢。”还有蒙康熙首肯，仿皇家花园里的金鳌桥而建的金鳌玉蛛桥。还有安郡王亲赐的“半天朱霞”匾额。在逢简，你若要寻古，那实在多了去了，那么多的祠堂、老屋、寺庙和石碑，哪一个上面，不承载着那个叫做“历史”的词？你随便一低头，脚底下踩着的石板，上面竟隐约刻着字，也是好几百年前的旧物了。村人们只当它是寻常，踩着它下河淘汰，踩着它迎来送往，一代一代的繁衍生息，原本就是你中有我，我中有你，彼此消融在一起，这或许才是世界本来的样子。

那么多的河埠头，大的，小的，有石阶一级一级下到水面的，有单单一块大石头翘立的。翻开往昔，哪一页不写着丰饶？兴盛于明末清初的桑基鱼塘，给逢简带来繁荣，低洼处挖泥成塘，养鱼。泥堆塘边植桑，养蚕。塘泥护桑，蚕沙喂鱼，一时间这里蚕肥鱼美，墟市发达，商贾云集，一船一船的丝绸运出去，再换回一船一船的黄金。

时光的小船却悠然从容，我看着它慢慢划过去，载着一船欢笑的人，脑子里忽然蹦出《诗经》中的句子来：“溯游从之，宛在水中央。”这个被水环绕着的小村庄，多像住在《诗经》里，素朴洁净，又是灵动飘逸的。“若是你端午来，这河里可热闹了，全是赛龙舟的。”朋友说。朋友本是外乡人，二十多年前来到这里，从此再没挪过窝，他爱上了这里的一草一木，一水一桥。闲时，他随便在哪座古桥上坐坐，听历史的风吹过耳际，看夕阳斜斜地移过古屋祠堂去，只觉得心际辽阔，如打马飞过旷野。

“别看它只是一个小村子，可出过不少人才呢。”朋友如数家珍，“这里曾出过冯氏一门八秀才，梁家三兄弟同是翰林，还出过不少的举人和进士，那些石桥、祠堂、牌楼，都是当年这些人建的。”我听得震惊不已，扭头去看逢简人，却看不出他们有多骄傲，风照旧在吹，水照旧在流，他们忙着把半头烤熟的猪，搬到门外的托盘上。猪头上系着红纸，是做祭祀用的，这家人可能要办什么喜事了。一个很老的阿婆，从一幢老房子里走出来，我上前打招呼，她听不懂我的话，我也听不懂她的，我们互相咿咿呀呀半天。朋友站在旁边笑看我们，末了，他翻译给我听，说：“阿婆问你吃了没有。”我“扑哧”笑起来，凡俗的日子，真的与别的无关，吃才是顶顶重要的。这倒应和了逢简的名，简单就是幸福，简单就是快乐。

半日春光

跑去宜兴看溶洞。结果发现，溶洞自然是好看的，更好看的却是，那里的春光。

从张公洞出来，已是午后。我和那人本来是要去陶祖圣境的，那是在网上购得的联票。景区一小服务员，大概没去过那里，见我们发问，随口对我们说，不远的呀，走上十五分钟就到了。

信了她的话，我们兴冲冲奔着陶祖圣境而去，路却越走越远。路上少有行人，偶有路过的车辆，呼啸着驶过去，留下一片静。好不容易逮住一骑车人，问，陶祖圣境还有多远？那人小愣了半天，很有些惭愧地说，不知道呢。

我们猜测着种种可能性，或许我们方向搞错了。又或许这个景点，很小，很不出色，连当地的百姓都不知道。心里却不急，走走停停，停停走走，满眼都是春天的好景色，足够我们赏玩的了。能开花的树，都撑着满满当当的一树花，云蒸霞蔚着。桃红柳绿间，不时还会跳出一撮或几撮的金黄来，冒冒失失的，如同率性的孩子，满地撒着欢打着滚，把金黄的颜色，染得满头满脸。那是油菜花。静的世界，被它搅动得喧闹欢腾。不远处，青山如淡墨轻染。如果看到水，则更动人了，水边红花朵黄花朵，朵朵生动。多好，多好啊。我们走着看着，看着走着，竟忘了此行的目的，眼睛被染得五颜六色，心被染得五颜六色。

竹多。人家的家前屋后，都是。山上山下，都是。不由得想起《诗经》中的“瞻彼淇奥，绿竹猗猗”之句。用“猗猗”来形容这宜兴春天的竹子，真是再贴切不过了，又茂盛又美好。

遇见卖竹笋的，是两个当地农妇。她们的脚跟边守着一堆新鲜的竹笋，一只只都胖乎乎的，饱满欢实得很。问问价钱，实在不贵，两块钱一斤。农妇黑红的脸上，满是笑意，说，买点儿？烧肉吃好吃呢。我们犹豫着，真想啊，但是走远路带不动哪。

她们便有些好奇，问，你们这是要去哪儿？

去陶祖圣境，我们答。

陶祖圣境？她们一时愣住，互相打听，有这个地方吗？后来一人终于悟道，怕是有西施洞的那个地方吧？还有好远的路呢，在山上呢，你们这么走着，是要走到天黑的。

你们就这么走着来的？她们不相信地问。

我们笑答，是啊，走着呢。

她们立即肃然起敬，哎呀，真不简单。一边为我们可惜着，你们怎么不在张公洞乘旅游 1 号的车呀，怎么就走这么远了？

心里面窃笑，且得意着，我们把你们的春天偷看了呢。

告别她们，我们继续前行。人家的房，都一副福气满满的样子，被花儿们左抱右拥着。或菜花。或桃花。或紫荆。或海棠。哪一种，都是全心全意一丝不苟地盛开着。柳枝飞扬。翠竹滴翠。远远近近的颜色们，各各占据一方，又相互交融。像绣娘摊开绣布，用滴着颜色的丝线，一针一针给绣出来的。无论黄，无论红，无论绿，无论紫，都鲜亮得叫人惊诧和惊叹。鸟儿的鸣叫，格外动听，含了香带了翠的，宛转在密密的竹林中，山坡上，花树间。

最终我们没去成陶祖圣境。太阳快落山的时候，我们搭上了从竹海开往宜兴的最后一班车。内心却无遗憾，因为我们相逢到这半日春光，偷得了浮生半日闲。人生的得与失，总是相对应而存在，焉知有时不会逢着意外的欢喜呢？我只从容地走着，等着。

满洲里散记

满洲里的街道小，一道走到头了，就到二道，然后三道、四道、五道，全部走下来，也不过一盏茶的工夫。

可一到夜晚，满洲里却像一个巨大的城堡，里三层外三层，全跟金子做的似的，金碧辉煌。人走在其中，仿佛是从小人国来的。仰头看过去，那“城堡”实在太大了。像俄罗斯套娃，你不知道那肚子里，到底还有多少惊喜在等着你。你转过头去，看到的是光华璀璨。掉过头来，看到的，还是光华璀璨。所有的房屋、灯柱，哪怕是一棵树一朵花上，都好像镶嵌着无数的宝石。

俄罗斯人多，金发碧眼。满大街都是。有一家几口一起的。有亲朋好友结伴而来的。也有孤身一人的。熙熙攘攘。俄罗斯小孩穿得单薄，在大街上玩滑板，三五一群，玩得不亦乐乎。街边的商店里，陈列的全是俄罗斯手工艺品和蒙古特产，也有太多的布艺。电喇叭里吆喝顾客的声音，全是俄语。小店里，不论五大三粗的男人，或是面貌粗糙的女人，都能说一口流利的俄语。哪怕是十几岁的毛孩子，也能往外蹦出一串又一串的俄语，熟练地跟俄罗斯人做着生意。每间店里，都挤满了前来购物的俄罗斯人，以女人居多。买条披肩吧。买两件被套吧。买一副手镯吧。买幅窗帘吧。她们跟店主讨价还价，成交了，喜笑颜开。

我在一民间艺人身边停留。街灯闪烁，他坐在一家店铺前，有栏杆的影，投在他身上。灯光暗影之中，他很有些朦胧的意思，看上去，很艺术。他给人画素描，铅笔在纸上迅捷走着，对面坐着的人的眼睛眉毛，立马鲜活在纸上。二十分钟一幅，手法之精妙，看得围观的人目瞪口呆，惊叹不已。有一高大壮硕的俄罗斯男人，牵着他的小女儿，站在旁边看了会儿，忍不住让他给画像。他们用手势对话，然后，那个瓷娃娃一般的小人儿，就坐到他对面的凳子上，安静得很。一直等到他把画像画成，小女孩也没有动一下。那乖巧可爱的模样，着实惹人怜爱，路过的人纷纷举起相机，对着她拍照。做父亲的并不阻拦，只站在一边微笑。走时，他和他的小女儿，友好地跟大家挥手告别。那一刻，我无端感动，世界是这样的亲和，不分民族、种族，自由往来，多好。

满洲里的清晨，却安静得像个梦。清冷的风中，喇叭花在兀自开放。街上少有行人。凳椅空寂。太阳悄悄爬上它的窗，两旁的店铺，这才陆陆续续地开了门。却听不见声响，一切，都在静默中，仿佛怕惊扰了谁的梦。这时的满洲里，是洗尽铅华的女子，素面也动人。

我到去过两次的小吃店用早餐。稀饭加馒头，还有烧得很好的小鱼。老板是呼和浩特人，精神十足。我一进门他就叫道：“哎呀，您来哪。”我跟他开玩笑，我说：“您还认识我呀。”他说：“您长得像马兰，我咋不认得您。”他来这里做生意二十多年了，家都搬来了。问他：“以后还回去不？”他说：“不了，孩子们都在这里啦。”他殷殷嘱我，午饭再去他那儿吃，他会给我留份烧得最好的酱排骨。

去套娃广场。巨型的套娃，穿着艳丽的服饰，站立在广场上，笑迎四方客。整个广场，被套娃们装扮得五彩缤纷，使人恍惚，像一脚跌进童话里。太阳已升得很高了，亮得晃眼。我在那些套娃间奔走，抱了这个抱那个，久违的童心，跑回来了。真想躲进一只套娃里，与亲爱的人捉个迷藏。当他一件一件往外掏时，掏出我来，他是不是很惊喜？

听过有关套娃的爱情故事，却不完美。贫穷的男孩，与一女孩相恋，他北上打工，请求女孩，等他三年，三年后，他会回来娶她。女孩等了三年，等回男孩带的礼物——一套俄罗斯套娃。女孩掏出一只木头娃娃，里面还有一只。再掏出一只，里面又有一只。女孩掏到最后，恼了，觉得她等了三年，只等来这些木头娃娃，委实有些傻了，她很快另嫁他人。男孩黯然远离，只以为，那是不爱。一些年后，女孩已是六岁孩子的妈，孩子在玩她收藏的这套套娃时，掏到最后，掏出一枚闪闪发光的钻戒。女孩什么都明白了，她握着戒指，泪流满面。爱，却再回不去了。

我不喜故事中的男孩，爱她，就告诉她呀，你藏个什么劲啊！亦不喜故事中的女孩，如果她肯给爱再多一点时间，多一点耐心，爱又怎会从她身边溜走。

我买一套套娃。寻常的日子，我只想在里面装点童心。

去看国门。中俄边界处。

这是第五代国门，扩建于2008年，是在第四代国门的基础上。建筑是后工业时代风格，又庄严，又巍峨。

一步之外，就是俄罗斯。一样的草地，一样的集镇。我看到云从俄罗斯那边飘过来。风从俄罗斯那边吹过来。当然，云也从我们这边飘过去。风也从我们这边吹过去。

鸟是不分国界的。一只灰鹤，一会儿飞去那边，一会儿又飞到这边来。花也是没有国界的，蒲公英开在这边，也开在那边。我跟几朵花打了声招呼。

历史的刀光剑影，早已遁入现世的繁茂昌盛里。我的身旁，人群稠密，岁月安稳。

坐着火车去远方

喜欢坐着火车，去远行。

譬如那样的夜晚，酷夏已过，秋的足音，已在某处山谷间响起。我坐上火车，去云南。满世界仿佛只剩下那一列火车，一个小的世界。人影幢幢，这是车窗内。哪家的小孩，新奇着火车上的夜，在车厢的走廊里，来回乱窜，笑声一串串。见人，不害怕，睁大眼瞅你，让你似看见两汪清潭，抑或是两弯小溪。心会莫名地一软，像清风碰着花蕊。这个时候，我想对所有人微笑，告诉他们，我们能在一起同乘一辆车，真好。

哐啷，哐啷，火车的声音，单调，又悠长，无有止境。有好一会，我的目的地似乎模糊着，我只觉得，它是驶向天边去，像船航行于茫茫的碧波上。这世上，因为遥远才生向往。因为向往，才生美好。而我，正走向“遥远”的天边去，美好就在前方，花团锦簇般候着。我为即将到来的相见，暗自欢喜。

车厢内，渐渐安静下来。走廊的灯光昏黄，像梦。我舍不得睡，脸贴着车窗，看。远远近近的，一朵一朵的灯火，流星样划过去。我知道，火车正穿过一座一座的山峦，一个一个的村庄。穿过一棵一棵的树，一株一株的草，一捧一捧的向日葵。穿过玉米地、高粱地、番薯地。穿过一条一条的河流。穿过一个一个的窗口。窗口长着沙枣树。有少年正守在窗口，看着这列火车么？在他的眼里，这列火车，一定满载着鲜花和幸福吧，蜜糖一样的，溢满他的心空。

年少时的幻想，总是充满芬芳，渴望飞翔，渴望远方。而远方到底在哪里？总要到多年后才明白，你是我的远方，我是你的远方，我们在距离外美好着。

便想起第一次见到火车的情景。那时，还在偏远的一座小城念大学，小城不通火车，去看火车，成了极向往的一件事。后来，几个同学，终于结伴着去南京，目的只有一个，看火车去。公共汽车一路晃啊晃，晃到南京。一列火车，轰隆隆驶过我们的耳际，我们全都激动得欢呼起来。

年轻时的快乐，来得简洁又单纯。

也有一次难忘的坐火车经历。是从广州到无锡。票不好买，我就买了站票。车厢内塞满人，你挨着我，我挨着你，一锅沸腾的粥似的。夜里最是难熬，大家东倒西歪，有趴在箱子上睡着了的。有趴在卫生间的洗脸台上睡着了的。一对小夫妻，女人趴在男人的肩上睡，男人就一动不动，睁着眼坐着，生怕惊醒了女人。有一人，拿了报纸给我，示意我可以坐在地上。余下时光，我就坐在那几页报纸上，手抱着膝，进入睡眠，竟然睡得很香甜。

生活在底层，心与心的距离，有时会更近。

黄磊有一首歌叫《背影》，是关于在火车站分别的。我听了十多年了，也总听不够。他在歌里唱："火车就要开了，我就要走了，离别就要来了，话怎么说呢？"秋的帷幕下，火车的笛声已拉响，就要离开站台了。分别的人，他，和她，站在秋的背景里，伤感落满双肩。火车隔断，他在她眼里，渐渐成为天边。

江湖已老，离别还年轻。

早安，华阳

华阳的早晨，是被山唤醒的，是被水唤醒的。

地处秦岭主峰南坡腹地的这座古老小镇，群山环绕，山峦叠嶂，东西两河并流，使得它像一扁小舟，翩然于青山绿水间，一渡就是两千多年。

我早起，轻手轻脚推开大秦岭酒店的门，整个华阳，尚在睡梦中，气息均匀，姿态恬然。我站在黑暗里，适应了好大一会儿，才看清楚眼前的房子和路。远远近近的山，却早已经醒了，正伸胳膊踢腿的，眉目楚楚。

我很想知道，是哪座山峰先醒的呢？它一夜好睡，舒服地伸了个懒腰，顺手捧起一捧露水洗脸，神清气爽。——这会儿的山，更像丰腴的妇人，柔且媚着。紧接着，一大家子陆续起床，一时间，小孩子闹大人叫的，语声切切。山们走动的身影，便在晨雾中绰约着，无声地喧闹着。

鸟也跟着醒了，快活地鸣叫起来，啾啾的一两声，清脆，婉转。它们是在哪座山上呢？我抬头去寻。——寻是寻不见的，满眼都是云雾朦胧。并不失望，反倒充满欢喜，我在心里猜着，它们是小雀？是白头翁？是画眉？还是被当地人称之为神鸟的朱鹮？

白天，我们一行人特地去看过朱鹮。微雨，满山的绿，凌乱肆意地铺陈着，葱茏欲滴。野菊花和山喇叭，这里插几朵，那里插几朵，一律撑着或红或粉的小脸蛋，笑嘻嘻的。众人做深呼吸，羡慕道，这么好的天然氧吧啊。是恨不得把它搬去自己的城。这时，就看到绿的山谷中，有白色大鸟的影，扶摇直上，如仙鹤飘飘。大家惊呼，朱鹮！一时间怔住，只呆呆看着那美丽的影，在绿树间，白花朵一般的，绽放着。深谷中传来它的叫声，呱咕咕，咕呱呱——像被宠坏的孩子在撒娇。它也真是备受宠爱，当地人说起它来，一脸神圣。他们敬它爱它，地里的庄稼，从来都不打农药，怕它受到伤害。它成了自由的生灵，爱停歇在哪片田地，就停歇在哪片田地。爱吃哪颗谷粒，就吃哪颗谷粒。爱在哪棵树上做窝，就在哪棵树上做窝。据说，有人曾搞过试验，带它去别的地方放飞。它辗转多天，又飞回来。鸟比人聪明，心里明镜儿似的，知道哪里的山山水水，才是它永远的家园。

天光一点一点开了。我可以清晰地看到路旁的植物，三五棵向日葵，顶着金黄的小脑袋，睡眼惺忪。紫薇们则容光焕发，浓妆艳抹，端出一簇一簇艳粉的花，于晨雾中翩翩起舞。一丛爬藤植物，顺着一幢老旧的平房，攀爬上去。把一片一片的绿叶子，镶在石灰斑驳的墙上，像意象画。平房空着，门锁生锈，久无人居住的样子。可曾经的痕迹还在，房檐下垂挂过苞谷和辣椒。我看见半截枯了的苞谷，和一截风干的辣椒，在窗台上。

虫子的叫声，格外高亢起来。它们睡饱了，被山唤醒了，被水唤醒了，一骨碌爬起身，喝着甘露，吮着花香，精神头儿十足。又是美好的一天，怎么能不欢唱？于是这里那里，响彻着虫鸣，仄仄平平，平平仄仄，如宋词一阕阕。

水的弹奏，一直伴随左右。不得不说，这里的水，太能弹唱了。我们沿着傥骆古栈道，一路上行，水就跟着弹唱了一路。平缓处，如弹着六弦琴。湍急处，如吹着萨克斯，又好比在敲大鼓。模样也是千变万化的，有的地方似优伶，绿衫绿裙子，甩着水袖咿咿呀呀地唱啊唱。有的地方似远古的汉子，扎着白头巾，大口吃肉，大碗喝酒，击缶而歌，豪气冲天。

我于夜晚，攀上观景台，听到水在山下唱歌，哗哗哗，哗哗哗，一曲接一曲。整个华阳古镇，都躺在水的歌声里。山风轻拂，夜色迷离，只觉得此生此夜，已是永恒。后来，我回到酒店，关闭了灯，躺在床上，听到水在身侧唱歌。躺不住了，去寻。一个人穿过寂静的古街道，路过一些小商铺，路过一辆古老的水车，路过一座古戏台，一路走到风雨桥去。水全汇聚在那里呢，千军万马，旌旗猎猎。河底，洁白的石头，一个挨着一个。夜里看过去，像一群一群的羊。羊也会唱歌的。——这里，没有一种生命不会欢唱。

我想起在瓦子沟偶遇的那个着红衣的妇人。午后，我们乘车沿着山间田园一路飞奔，突然听到歌声，从一片稻浪上滚过来。那是怎样的歌声啊，如裂帛，石破天惊。又如长调，清冽冽的，缠绵不休。一车人激动地打眼去找。山脚下，有田园如图画展开，一田的稻穗将黄未黄，一半金色，一半浅绿。金色与浅绿间，妇人的红衣裳跳出来，夺目着。妇人正在田埂边割羊草，左割一下，右割一下，野棉花在她身边开得热烈。

她一边割草，一边唱着。她对着野棉花唱，对着稻穗唱，对着青草唱，对着镰刀唱，对着手里的草篮子唱。我们下到田间，走过田埂道，向她奔过去。她笑吟吟起身，看着我们，歌声却并未停下。她就那样对着我们唱，把我们当成山谷，当成树，当成稻穗，当成野棉花。等她终于唱完一段，我们才有机会插话。她说她从小就喜欢唱，每天都唱，唱了四五十年了。她说现在的情歌不好听，不是我爱你呀就是你爱我的，没有民歌好听。她说她不识字儿，可她唱的，都是她自己编的曲儿和词儿。她刚刚唱的就是她编的一个故事：表哥表妹两个人相爱着呢，可是，表妹的父母不同意，硬生生拆开他们，把表妹嫁给了另外的人。表妹出嫁前，对着表哥发誓，等我死了后，我还是要和你在一起。

她讲毕，又亮开嗓子唱起来，旁若无人。我只觉得“嘭”的一下，有泪涌至喉头，怕人看见笑话，拿人送我的一束野棉花挡了眼睛。你来，或者不来，她都在。她已融入到这里的山山水水中，像一朵野棉花，开放在她的世界里。我们的路过，不过像掠过她身边的一阵风，很快消失得无影无踪。她仍然割着她的羊草，种着她的苞谷和水稻，唱着她的歌谣。

尘世万千，原各有各的幸福好守。

天，也终于大亮。我遇到早起的小镇人，背着背篓。我跟他打过招呼，问他哪里去。他笑回，掰苞谷去。笑容温暖安静。我微笑地看着他远去，想到瓦子沟的那个妇人，这会儿，她也醒了吧？她一定哼唱起来，愉快地打开鸡圈羊圈，打开院门，折回屋内，生火做饭。不一会，炊烟飘起来，喷着香。尘世寻常的日子，在她的歌声里，又掀开新的一页。

瓦壶天水菊花茶

小镇看上去很普通，跟任何一座苏北小镇相差无几，却有个让人过耳不忘的名字：白驹。初听到，愣一愣，很自然地联想到《诗经》里的“皎皎白驹”之句。想象中，一片原野铺陈，有菜有豆，白色的骏马奔驰而过，洁白的鬃毛迎风猎猎，如银似雪，在绿的原野上，惊心夺目着。询问当地人，当地人“吃吃”笑起来，说，老祖宗就是这么叫的，从古至今就是这么叫的。

这里曾是汪洋一片，至隋唐时才形成陆地。范仲淹率民众修筑捍海堰，曾在这里做短期逗留，他应士民请求，为这里的关帝庙题写了碑记。在碑记中，这位心系天下百姓苍生的大学士写道：“愿后之居高位者，尚其体侯之心以为心。”这时的白驹，以产盐闻名遐迩，商贾往来频繁。

小老百姓的日子，却是清贫简朴的。郑板桥来此访友，友人生活简陋，篱笆错落，茅舍低矮，拿糙米饭招待他。饭后，友人取檐下瓦瓮里的天水，烧沸，从篱笆墙边，随手摘两朵菊花丢进去。于是，就有了满满一瓦壶的菊花茶。两人坐定屋前，一边赏花，一边品茶。此等情趣，深得郑板桥喜欢和留恋。他临别之时，赠友人对联一副答谢："白菜青盐糙米饭，瓦壶天水菊花茶。"个中情谊，唇齿留香。

郑板桥这个人实在是极有意思的。历来会画会诗文之人，多多少少有些清高，有些远离人间烟火，郑板桥却在烟火里打着滚。他去乡下，一顶草帽在头，到地里去摘豆摘菜，完完全全一农村小老头的样。他因此留下了许多烟火字，有时虽是一两句，却让人玩味不已，满满的，都是欢喜的俗世味。如，一庭春雨瓢儿菜，满架秋风扁豆花；如，扫来竹叶烹茶叶，劈碎松根煮菜根；如，老屋挂藤连豆架，破瓢舀水带鲦鱼。田园艰辛，却透出无限诗意，豁达从容，安贫乐道。他的一句"瓦壶天水菊花茶"，让小镇白驹，永远活在了家常的闲适里。

还有施耐庵。他曾隐居白驹，在这里挥毫写下了传世之作《水浒传》。白驹人都知道他，你在街上不识路，问施耐庵纪念馆怎么走，就有一个两个三个当地人走上前来，热心为你指点。他们是摆摊卖水果的。是街边炸油条的。是走路路过的。

小镇巷道连着巷道，曲里拐弯，凌乱着，却有着家常的亲切。随处可见一些上了年纪的老房子，木门腐朽，墙壁剥落，屋顶上的瓦楞间，长满杂草。有的废弃了，有的还住着人。在某条巷子里，我遇到一栋故事一样的老房子，有深深的庭院，有高高的木格窗，里面塞满物什，一把老蒲扇靠窗侧放。想来那是旧物收藏，用是没多大用处了，可不舍得扔掉。那上面或许留有老祖母的气息。

烧饼炉子当街而立。午后清闲，炉火在打着盹，炉子上散落着一些卖剩下的烧饼。我正看着呢，对街走来一男人，白围裙围着，他说，是冷的。你要吃吗？要吃我给你热热。我笑着摇摇头，并没有走的意思。他便拉过一张凳子来，示意我坐下。他自去屋内端一壶茶出来，坐到另一张凳子上。我冲他笑笑，他还我一个笑，无话。他手上的茶壶，一定用过很多年了，茶垢很厚。他呷一口，望着街沉默，我跟着他一起望街。我的眼前，晃过当年场景，矮桌上，一壶菊花茶，热气袅袅。郑板桥和他的友人，也是如此沉默地喝着茶吧。一旁的阳光，迈着碎碎的步子，爬过篱笆墙去。日子的好，缓缓渗进周遭的每一方空气中，渗进他们身下的每一寸泥土里。